Fr. Streissler

König Ludwig II. von Bayern

Ein deutsches Fürstenleben

Fr. Streissler

König Ludwig II. von Bayern
Ein deutsches Fürstenleben

ISBN/EAN: 9783743378759

Hergestellt in Europa, USA, Kanada, Australien, Japan

Cover: Foto ©Raphael Reischuk / pixelio.de

Fr. Streissler

König Ludwig II. von Bayern

König
Ludwig II. von Bayern.

Ein deutsches Fürstenleben

biographisch und charakteristisch dargestellt

von

Fr. Streißler.

Verlag
von
Carl Rühle in Leipzig-Neudnitz.
1886.

✝

Der König tot! Es spricht aus allen Mienen
Der tiefe Schmerz, der jede Brust beseelt —
Es kam zu jäh, da lange man verhehlt,
Was für das Volk so wichtig wär' erschienen.

Auch tot der Arzt, der bis zur letzten Stunde
Dem König pflichtgetreu zur Seite stand —
Bis das Geschick den Totenkranz ihm wand —
Du hast mit deinem Fürsten Ruh' gefunden!

Des Königs denkt das Volk, der nur dem Wahren
Und Idealen Liebe barg im Herzen
Und wahre Freiheit für sein Volk erflehte:

Jetzt steht es trauernd an der Totenbahre,
Die Brust erfüllt mit Bangen und mit Schmerzen
Und preiset dich und ehrt dich im Gebete.

Ludwig Aub.

Stimmungsbericht aus München.

Am 14. Juni 1886.

Das Verhängte ist geschehen — das Gefürchtete ist genaht! Tiefer Schmerz ist eingezogen in die Herzen aller Münchener, aller Bayern, aller Deutschen. Er ist nicht mehr der ewig jugendliche Fürst, dem das Hohe in der Poesie, in der Musik, in der Kunst erstrebenswert schien — dem aber auch im politischen Leben nur ein in seinen Augen besonders hoheitsvoll und ideal erschienener Begriff Leitstern war — das Wort „deutsch". Je mehr sich der Patriot jene Sturm- und Drangzeit vergegenwärtigt, in der der Wille und der Wunsch des edlen Monarchen ein deutsches Kaiserreich mitschuf, desto mehr erfüllt ihn die entsetzliche Nachricht mit Grausen.

Am frühen Morgen trifft die getreue Residenzstadt die Kunde vom Hinscheiden Ludwigs II., das so tragisch erfolgt war —, das Volk drängt sich um die Plakatsäulen, an denen folgende Bekanntmachung der kgl. Polizeidirektion steht:

Nachdem Seine Majestät der König seit der Ankunft im Schloß Berg den ärztlichen Ratschlägen ruhig Folge geleistet hatten, machten Allerhöchstdieselben gestern Abend 6³/₄ Uhr in Begleitung des Obermedizinalrates Dr. von Gudden einen Spaziergang in den Park, von dem Allerhöchstdieselben und Dr. von Gudden längere Zeit nicht zurückgekehrt sind. Nach Durchsuchung des Parkes und des Seeufers wurden seine Majestät mit dem Obermedizinalrat Dr. von Gudden im See gefunden. — Seine Majestät gaben, gleichwie Dr. von Gudden, noch schwache Lebenszeichen. Die von Dr. Müller vorgenommenen Wiederbelebungsversuche waren jedoch ver-

1

geblich. Um 12 Uhr nachts wurde der Tod Seiner Majestät konstatiert. Gleiches war bei Dr. von Gudden der Fall.

München, den 14. Juni 1886.

Königliche Polizeidirektion.

Das Leben auf den Straßen ist gegen 9 Uhr für einen regnerischen Pfingstmontag ein ungeheuer reges und in eines jeden Miene liest man die innige Teilnahme am Geschehenen. Aus der alten protestantischen Kirche am Karlsplatz, in der der amtierende Geistliche das Verhängnis, das unser Wittelsbacher Haus getroffen, wohl schon verkündet und in innigen Worten besprochen, treten die Andächtigen, die Augen meist thränenerfüllt, heraus.... Alles drängt sich um die Verkäufer der ersten Extrablätter, um Details über die Vorgänge in Berg zu hören.

Die verschiedensten Meinungen werden laut. Die Versionen, in denen die Ursachen zu dem Allen besprochen, die Varianten, in denen der Vorgang des gestrigen Abend geschildert wird, sind mannigfaltig. Doch im Allgemeinen herrscht bei aller innern Bewegung große, musterhafte äußere Ruhe. — nur jedes neue Extrablatt wird förmlich umringt, umzwingelt; Ordonnanzen der Kavallerie und Artillerie, die im Galopp durch die Stadt reiten, die zu Wagen in ihre Kaserne fahrenden Offiziere geben ein bewegtes Bild.

Wir eilen zur Residenz, wo die Leute teilnahmsvoll in die Gemächer und zum Wintergarten hinaufschauen, der jetzt verwaist ist und einsam. Die Truppen marschieren an und holen die Fahnen zu der um 10 Uhr stattfindenden Verpflichtung — zuerst eine schwere Reiter-Eskadron mit dem Rittmeister Prinz Alphons, der mit Hochrufen begrüßt wird — dann eine Kompagnie des Leibregiments, des 2. Infanterieregiments 2c.

Um 10 Uhr wird der Fahneneid dem König Otto geleistet und dann die Fahnen in die Residenz zurückgebracht.

Am Marienplatze steht eine zahlreiche Volksmenge, die Kirchen können nicht alle fassen, die kommen, um für das Seelenheil des hingegangenen Königs zu beten.

Die Hoftheaterintendanz zeigt an, daß das Hoftheater

bis auf Weiteres geschlossen ist, und das lakonische „heute findet kein Konzert statt" ist über die Vergnügungsanzeigen geklebt, die dem Münchener ein Führer für einen vergnügten Pfingstmontag hätten sein sollen.

Das Geschehene wirkt in seiner ganzen Tragweite so ungeheuer, daß man auf vielen Gesichtern die Gedanken zu lesen vermag: „Ich kann es nicht begreifen, ich kann es nicht verstehen." Ein Gerücht jagt das andere. „Die Königin vom Schlage getroffen — Graf Holnstein erschossen", so tönt es von Mund und zu Mund, und willig wird alles geglaubt.

Am Nachmittag ist es an der Residenz noch voller wie früh. An der dem Hoftheater zugewandten Seite des Schlosses sitzt eine Menge Leute, die Blätter miteinander lesend oder im regen Meinungsaustausch begriffen. Alles wartet — aber vergeblich — auf den Herold, der uns den neuen König Otto I. verkünden soll. Gegen 8 Uhr abends rückt zur Verstärkung der Residenzwache eine Kompagnie vom Infanterieleibregiment unter Hauptmann von Béla an — die Leiche des Königs wird für die Nacht erwartet. So sehen die Münchener den geliebten Regenten wieder.

Aber auch das Geschick des Obermedizinalrates, Universitätsprofessors Dr. von Gudden, Direktor der oberbayerischen Kreisirrenanstalt erweckt allseitig die tiefste Teilnahme. Im Berufe, in genauester Ausübung seiner verantwortungsvollen Pflichten hat der ausgezeichnete Mensch, der liebenswürdigste Arzt sein Leben eingebüßt.

Sein Tod vollends — die Art und Weise seines Hinscheidens, das alles wirkt zusammen, die Farben des grausen Dramas noch greller zu gestalten, eines Dramas, das in Bezug auf seine Entsetzlichkeit, auf seine starre Tragweite in der Weltgeschichte kein Beispiel hat.

Ernst und würdig ist die Stimmung, die unsere Vaterstadt beherrscht. Sie ist ein Beweis, wie innig Bayern und sein Herrschergeschlecht miteinander verbunden sind — hoffen wir zum Heile unseres engeren und unseres Allvaterlandes!

Ludwig Aub.

> Gesprochen ist das Königswort,
> Dem Deutschland neu erstanden,
> Der Völker edler Ruhmeshort
> Befreit aus schmählichen Banden;
> Was nie gelang der Klugen Rat,
> Das schuf ein Königswort zur That:
> In allen deutschen Landen
> Das Wort nun tönet fort und fort.
>
> (Richard Wagner zum Namenstage seines königlichen Freundes am 25. August 1870.)

Weinend verbirgt der Genius der Menschheit sein Haupt, und mit zitternder Hand vollendet Klio jenes Blatt der bayrischen Geschichte, welches die Regierungszeit des unglücklichen Königs Ludwig II. behandelt. In jenen lichten Höhen, wo nach der Meinung der übrigen Sterblichen nur eitel Lust und Freude zu tronen scheint, spielte sich eine Tragödie ab, wie man sie ähnlich in den Annalen der Geschichte nicht wieder verzeichnet findet. Ein König, ausgezeichnet mit den edelsten Vorzügen des Geistes und des Herzens, erfüllt von den erhabensten Ideen der Humanität, entflammt für alles Edle, Gute und Schöne, „was Menschenherz bewegt", ein Förderer der Kunst und Wissenschaft wie noch kein gekröntes Haupt bisher — wurde von der heimtückischen Macht des Wahnsinns ergriffen, jahrelang verfolgt, bis er endlich, verirrt im fürchterlichen Labyrinthe der Geistesnacht, nach jenem Lande getrieben wurde, „von dessen Bezirk kein Wandrer wiederkehrt."

Groß war der unglückliche König auch noch in seiner Geistesnacht. Worin äußerte sich diese? In einer außerordentlichen, erhabenen, ungeheuren Schaffenskraft, welche Kunstwerke erzeugen wollte, wie sie bisher die Erde noch nicht getragen hat. Leider konnte die übrige sterbliche Menschheit seinem idealen Schwunge (wir freilich nennen es Wahnsinn) nicht folgen, jene Shakespeare'sche Chimäre — das Geld — war der Hemmschuh seines Willens; wild bäumte sich sein Geist dagegen auf, von jener klingenden toten Materie abhängig zu sein, doch die reale Welt ließ sich nicht ändern, und er „übersprang die hohe Mauer zwischen Zeit und Ewigkeit".

* * *

Eine aufreibende Thätigkeit für das Wohl seines Volkes, der von klerikaler Seite hartnäckig unterhaltene Widerstand gegen die liberalen Reformbestrebungen zerstörten die Gesundheit des edlen Joseph Maximilian II., König von Bayern, welcher von seinem ganzen Volke wahrhaft betrauert am 10. März 1864 starb. Sein aus der Ehe mit Maria, Tochter des Prinzen Wilhelm von Preußen entsprossener Sohn Otto Friedrich Wilhelm Ludwig II., am 25. August 1845 zu Nymphenburg geboren, übernahm nun die Regierung.

Wenn ein Regierungswechsel stattfindet, so gibt es stets Parteien, welche daraus für sich Nutzen zu ziehen hoffen. Hier waren es die Ultramontanen, die vom liberalen Maximilian kräftig niedergehalten, jetzt unter den jungen, und folglich ihrer Meinung nach unerfahrenen Ludwig II. das Staatsruder zu führen hofften. Sie sollten sich aber sehr täuschen. Der junge König überließ vorerst in richtiger Selbsterkenntnis dem klugen Karl von Schrenk (geb. 17. August 1806) die Leitung der Geschäfte, welche ganz im liberalen Sinne Maximilians II. fortgeführt wurden. Trotzdem Ludwig II. nur seiner Neigung für die schönen Künste zu leben schien, so fühlten die Ultramontanen doch, daß er die Politik seines Vaters kräftig verteidige.

Die Interessen seines Landes hat Ludwig II. nie außer Acht gelassen. Am 30. September 1864 trat Bayern in den neuen Zollverein, und Schrenck erhielt am 5. Oktober desselben Jahres die nachgesuchte Entlassung; v. d. Pfordten wurde am 4. Dezember Minister des Äußern und des Hauses.

Als der junge für Kunst und besonders für Musik begeisterte König Richard Wagner an seinen Hof berief, sodann aber nur den musikalischen Genüssen lebte, da wurde diesem genialen Dichterkomponisten eine Macht zugeschrieben, die weit über das von der Konstitution erlaubte hinausging. An Ludwigs II. eigene Initiative konnten die Klerikalen nicht glauben, es wurde darum für seine damalige Regierungsthätigkeit Richard Wagner verantwortlich gemacht. Der König mußte, um (nach den Worten seines Vaters) in Frieden mit seinem Volke zu leben, den „Meister" anfangs 1866 entlassen, obwohl er ihm trotzdem niemals seine Gunst entzog. Ludwig trat jetzt wieder etwas mehr in die Öffentlichkeit und verlobte sich 1867 mit der Herzogin Sophie von Bayern.

Diese Verlobung wurde aufgelöst, und Ludwig trat von da an wieder in seine Einsamkeit zurück; er wurde menschenscheuer als jeher, und allgemein heißt es, daß der Grund der schrecklichen Krankheit, welcher er erlegen ist (Paranoja), hierin zu suchen sei.

Im Juli 1865, als der preußisch-österreichische Krieg bereits in sicherer Aussicht stand, folgte Pfordten einer Einladung Bismarck's nach Salzburg, wo letzterer die Neutralität Bayerns im bevorstehenden Kriege verlangte. Pfordten wies dies Ansinnen zurück. Von Bayern, Sachsen und Darmstadt wurde am 27. Juli 1865 beim Bunde der Antrag gestellt, bei Preußen und Österreich anzufragen, was sie bezüglich der Herzogtümer zu thun gewillt seien. Dieser Antrag wurde an den Schleswig-Holstein'schen Ausschuß verwiesen, worauf am 4. November der weitere Antrag gestellt wurde, die Vertreter Holsteins sollten baldigst einberufen, und Schleswig in den Bund aufgenommen werden.

Der König ermüdete nicht, das Recht der Augustenburger auf Holstein zu verfechten; er protestierte deshalb dagegen, daß die beiden Großstaaten Holstein in Besitz nahmen, und in einer Zirkulardepesche vom 12. Dezember erörterte v. d. Pfordten Bayerns Stellung zur schleswig-holsteinischen, wie zur deutschen Frage. Bismarck wollte aber von einer Anfechtung der Bundeskompetenz nichts wissen und ließ in diesem Sinne Sachsen und Bayern eine drohende Rüge zukommen. Die bayrische Regierung ließ sich aber nicht einschüchtern, und v. d. Pfordten antwortete mit einer sehr entschiedenen Note, worin er Bayerns Recht der freien Abstimmung am Bunde verteidigte.

Die holstein'sche Frage machte der bayrischen Regierung auch noch im folgenden Jahre viel zu schaffen, und in den diplomatischen Beziehungen zwischen Bayern und Preußen trat damals eine Verstimmung ein, welche endlich dadurch gehoben wurde, daß am 2. Juni die zweite Kammer und am 3. Juni auch die Reichsratskammer sich für das Selbstbestimmungsrecht der Schleswig-Holsteiner aussprachen.

Die Fortschrittspartei, welche in Ludwig's Umgebung immer Freiheitsfeinde witterte, wollte auch v. d. Pfordten verdrängen, wie sie es mit Richard Wagner gethan hatte. Der König empfing aber die Deputation nicht, wie er überhaupt über seine königliche Stellung sehr eifersüchtig wachte.

Österreich forderte die Mittelstaaten in einer vertraulichen Note vom 16. März 1866 zur Rüstung auf, und Preußen, welches am 24. März die Gesinnungen derselben erforschen wollte, wurde von Bayern an den Bund verwiesen. Am 31. März suchte Pfordten zwischen den Vormächten zu vermitteln, hoffend, daß sie zur Wahrung des Friedens im Bunde gerne zu Verhandlungen bereit seien.

Die Adresse der zweiten Kammer an Ludwig zeigt, wie antipreußisch damals die Stimmung in Bayern war. Zu der von Paris aus angeregten Friedenskonferenz wählte der Bundestag einstimmig Pfordten zum Vertreter. Alle preußischen Anträge wies Bayern ab, auch im Juni 1866 das Anerbieten der Hegemonie in Süddeutschland für den Fall der Neutralität und des Oberbefehls über das Südheer.

Nach dem Bundesbruche schlossen Bayern und Österreich am 14. Juni die Konvention von Olmütz, worin Bayern den Oberbefehl über die süddeutschen Kontingente unter österreichischer Leitung erhielt. Am 16. Juni erklärte der Bundesgesandte von Schrenck Bayern sei zur Leistung der Bundeshilfe bereit, und bayrische Truppen verhafteten die Beamten des preußischen Telegraphenamtes in Frankfurt.

Die Kammer bewilligte einstimmig einen außerordentlichen Militärkredit von 31 512 000 Gulden.
Der greise Prinz Karl (Bruder Ludwigs I.), der am 23. Mai zum Oberbefehlshaber der bayrischen Truppen ernannt worden war, wurde besiegt. Wir wollen uns bei dem Verlaufe dieses Bruderkrieges nicht aufhalten, denn dies hieße Bücher nach Leipzig tragen. Pfordten schloß am 28. Juli zu Nikolsburg den am 2. August beginnenden Waffenstillstand für drei Wochen. Bis zu dem am 22. August in Berlin geschlossenen Frieden blieb Nordbayern von Preußen besetzt.
Der Friedensvertrag legte Bayern mancherlei Opfer auf. Bayern stellte seine Truppen für den Kriegsfall unter preußischen Oberbefehl, zahlte 30 Millionen Gulden Kriegsentschädigung, erkannte die wegen Deutschlands Zukunft zu Nikolsburg am 26. Juli zwischen Österreich und Preußen getroffenen Verfügungen an rc. und trat an Preußen die Enklave Caulsdorf, das Bezirksamt Gersfeld und das Landgericht Orb (ohne Aura), fast 10 Qu.-Meilen mit 33 000 Seelen ab. Das Schutz- und Trutzbündnis wurde erst im März 1867 bekannt gemacht.

So partikularistisch als Bayern bisher war, so wurde jetzt Allen die Notwendigkeit eines einigen deutschen Reiches klar, als bekannt gemacht wurde, daß Frankreich als Kompensation einen Teil der Rheinpfalz gefordert habe. Was man in Zukunft von Seite Frankreichs zu erwarten habe, wurde allseitig in betracht gezogen und der Eintritt in den Norddeutschen Bund in vielen Städten lebhaft befürwortet.

Schon am 28. August trat der Landtag zusammen, um über den Friedensvertrag mit Preußen und eine außerordentliche Kreditforderung zur Deckung der zu zahlenden Kriegsentschädigung zu beraten. Von der vor dem Kriege herrschenden preußenfeindlichen resp. österreichisch = freundlichen Stimmung war wenig zu bemerken, und wenn auch ein förmlicher Eintritt in den Norddeutschen Bund nicht allgemein befürwortet wurde, so wurde in der zweiten Kammer doch der Beschluß gefaßt, die Regierung zu ersuchen, daß sie die „Einigung Deutschlands unter Mitwirkung eines freigewählten mit den erforderlichen Befugnissen ausgestatteten Parlaments erstreben möge".

Diese neue politische Strömung machte v. d. Pfordten unmöglich, er trat am 29. Dezember ab, und ihm folgte am 31. Dezember der durch seine deutsch-nationale Gesinnung bekannte Fürst Klodwig zu Hohenlohe-Schillingsfürst als Minister des Hauses und des Äußern. An Stelle des Kabinettschefs Pfistermeister, welcher gleichfalls entlassen wurde, trat Johann v. Lutz, der aber schon am 1. Oktober 1867 diesen Posten verließ, um das Justizministerium zu übernehmen.

Ludwig II. hatte jetzt stets erbitterte Kämpfe mit der klerikalen Partei auszufechten, weil diese dem Ministerium Hohenlohe, welches ihm sehr sympathisch war, steten Widerstand entgegen setzte. Auch die Angriffe dieser Partei gegen seinen verehrten Lehrer Döllinger wegen dessen Opposition gegen das vatikanische Konzil reizten den König sehr, so daß er häufig gezwungen wurde, in den Fragen des Tages Partei zu ergreifen.

Der erste Schritt des neuen Ministeriums waren die Stuttgarter Versammlungen (3.—5. Februar) mit Baden, Hessen, Darmstadt und Württemberg, um eine gleichmäßige, dem preußischen Militärsystem nachgebildete Armeereform zu vereinbaren, wie es auch noch andere Verbesserungen in der Kriegsverfassung einführte. Bei Wiederherstellung des Zollvereins beteiligte sich Hohenlohe im Juni 1867 an den Berliner Beratungen, deren Resultat, wenn auch anfänglich von Ultramontanen stark bekämpft, doch am 22. Oktober 1867 von der zweiten Kammer mit 117 gegen 17 Stimmen genehmigt wurde, die erste Kammer nahm die Zollverträge gezwungen am 31. Oktober an.

Hohenlohe sah ein, daß Bayern nicht imstande sei, große Politik zu treiben und die Mission Tauffkirchens*) nach Wien und Berlin hatte den Zweck, eine Annäherung beider Kabinette zu vermitteln; Bismarck nahm diese Anträge günstig auf und erweiterte sie zu Allianzvorschlägen zwischen dem norddeutschen Bunde, den süddeutschen Staaten, Österreich und Rußland; Beust aber lehnte sie ab.

Als die bayrische Regierung einen Schulgesetzentwurf

---

*) Dieser war bei den Zollberatungen in Berlin Bevolmächtigter Bayerns und vertrat im Zollbundesrate sechs Stimmen.

am 16. Mai 1867 einer Fachmännerkommission vorlegte, fanden sich die Klerikalen schwer getroffen, und der Episkopat protestierte bei Ludwig am 28. September dagegen, weil der Entwurf die völlige Trennung der Schule von der Kirche bezwecke und die Entchristlichung der ersteren zur Folge haben werde. In verschiedenen Diözesen fanden klerikale Versammlungen statt, um außer der Aufsicht über die Schule auch die selbständige Verwaltung über das Kirchenvermögen zu erlangen. Der Kultusminister v. Gresser drohte den im ultramontanen Geiste agitierenden Beamten mit Disziplinarmaßregeln. Wehrgesetzentwurf, Sozialgesetze 2c. gingen im Jahre 1867 auf dem Landtage durch.

Im Jahre 1868 rückten die Ultramontanen der Regierung wieder mit schwerem Geschütz auf den Leib. Sie stellten von den zum Zollparlament zu wählenden 48 Abgeordneten 26, unter der Führerschaft Jörg's. Diese interpellierten in der zweiten Kammer am 26. März 1868 die Regierung dahin, sie möge den allgemeinen direkten Wahlmodus auch für die Landtagswahlen einführen. Die Regierung lehnte dies ab und v. Hörmann, der Minister des Innern, verdammte im Zirkular vom 9. April an die Kreisregierungen die Agitationswut der Beamten.

Im Jahre 1869 wurde die neue Formation des bayrischen Heerwesens durchgeführt. Der Antrag Jörgs (siehe oben) wurde vom Landtage abgelehnt, das Schulgesetz aber von der ersten Kammer als zu wenig im klerikalen Sinne am 27. April verworfen. Die freisinnigen Gemeindegesetze wurden vollendet, eine neue Zivilprozeßordnung mit Öffentlichkeit und Mündlichkeit, ein neues Strafverfahren und Militärstrafrecht angenommen. Im April 1869 erließ Hohenlohe eine Zirkulardepesche an die bayrischen Gesandten wegen des vatikanischen Konzils, um ein Einverständnis der Kabinette dem Papste gegenüber zu erzielen, fand aber keinen Anklang. Die klerikale Partei, die sich jetzt „die patriotische" nannte, wühlte in Presse und Vereinen so rastlos, daß sie bei den Wahlen zur zweiten Kammer am 22. Mai 1869 79 Stimmen, die liberale 75 Stimmen erhielt. Infolge Wahlbeanstandungen 2c. mußte die Kammer am 6. Oktober aufgelöst und wieder zu Neuwahlen geschritten worden, wobei abermals die Patrioten (Partikularisten) am 25. Oktober mit 80 Stimmen gegen 74 siegten. Tags darauf reichte das Ministerium seine Entlassung ein, aber Ludwig gewährte sie nur v. Hörmann und v. Gresser am 9. Dezember; am 20. Dezember wurde v. Braun Minister des Innern und v. Lutz erhielt zur Justiz noch Kultus und Unterricht. Eine versöhnliche Thronrede Ludwigs eröffnete am 17. Januar 1870 den Landtag; in beiden Kammern äußerte sich aber bald im Vereine mit den Prinzen des königlichen Hauses ein lebhaftes Mißtrauen der Majorität gegen Hohenlohe's Politik und seine Stellung zu Preußen. Ludwig mußte nun im Interesse des Friedens Hohenlohe am 7. März entlassen, und Graf Bray, welcher die Aufrechterhaltung der Allianz- und Zollverträge neben Wahrung der bayrischen Selbständigkeit auf sein Programm setzte, wurde Ministerpräsident.

In der Kammer entwickelten sich jetzt eine Reihe von endlosen unfruchtbaren Debatten, welche alle vom schamlosen Parteitreiben geleitet, eine Herstellung der Macht des Muckertums bezweckten. Die Generaldebatte über das Militärbudget begann erst am 13. Juli, dem denkwürdigen Tag von Ems. Wenn man den militärischen Reformvorschlägen von Kolb und Jörg, den klerikalen Führern, hätte nachgeben wollen, so wäre die bayrische Armee zu einem Aggregate von bewaffneten Bauernvereinen umgestaltet worden. Glücklicherweise verstand es Ludwig, diesen maßlosen Ansprüchen entgegen zu treten.

In Paris hoffte man, daß beim bevorstehenden Kriege Bayern neutral bleiben werde; als aber Bayern diesbezüglich von Seite Frankreichs sondiert wurde, erfolgte die Antwort, daß sich Bayern vom übrigen Deutschland nicht trennen werde. Das Kriegsministerium forderte am 18. Juli einen Kredit von 26 700 000 Gulden, welchen die Klerikalen natürlich nicht bewilligen wollten und durch Jörg den Antrag stellten, zur Aufrechterhaltung einer bewaffneten Neutralität 5 600 000 Gulden zu gewähren. Dieser Antrag fiel, und die Majorität erlangte der Schleich'sche Vermittlungsantrag, laut welchem der Regierung „für den Fall der Unvermeidlichkeit des Krieges", 5 600 000 Gulden zur Beschaffung der Ausrüstung und Mobilisierung, und 12 660 000 Gulden für den Unterhalt bis Ende Oktober, also zusammen 18 260 000 Gulden bewilligt wurden.

Am 20. Juli erklärte die Regierung an Bismarck, Bayern nehme an dem Kriege teil, und am 27. Juli übernahm der Kronprinz von Preußen in München das Kommando über die der 3. Armee zugeteilten Bayern. Bayern kämpfte im deutsch-französischen Kriege tapfer für Deutschlands Einheit, und als am 18.—19. September mehrere große Städte an Ludwig Adressen erließen, worin sie sich für den Anschluß an den Nordbund aussprachen, wurden im September in Berlin die diesbezüglichen Anträge gestellt. Diese Verhandlungen führten endlich, wenn auch nach vielen Widerwärtigkeiten zu folgendem Vertrage: Bayern behielt seine eigene Diplomatie, die Verwaltung des Heerwesens, der Post, Telegraphen und Bahnen, seine besondere Bier- und Branntweinbesteuerung und blieb von den Bestimmungen der neuen deutschen Bundesverfassung über Heimats- und Niederlassungsverhältnisse unberührt. Trotz der Bedenken über Bayerns Vorzugsstellung nahm der norddeutsche Reichstag am 9. Dezember den Vertrag mit Bayern mit 195 gegen 32 Stimmen an.

Am 4. Dezember richtete König Ludwig an alle deutschen Fürsten (außer König Wilhelm) und freien Städte ein Schreiben mit der Aufforderung, dem Könige Wilhelm von Preußen den Titel als deutscher Kaiser anzutragen, und nachdem alle Staaten zugestimmt, überreichte der in Versailles anwesende Prinz Luitpold von Bayern ein ihm das Geschehene mitteilendes Handschreiben Ludwigs. Bei der Kaiserproklamation in Versailles waren die Prinzen Otto, Luitpold und Leopold zugegen und das bayrische Heer stark vertreten. Bei den Reichstagswahlen am 3. März 1871 unterlagen die Patrioten und erhielten nur 18 gegen 30 liberale Mandate.

Eine große Bewegung verursachte der durch das vatikanische Konzil erregte Kirchenstreit. Schon am 24. Juli 1870 erklärten sich 44 Dozenten der Münchener Universität gegen den ökumenischen Charakter desselben und die Unfehlbarkeit; die Regierung verbot am 9. August die Bekanntmachung der Konzilsbeschlüsse ohne das placet regium. Trotzdem veröffentlichten die Bischöfe des Landes dieselben, der Bischof von Regensburg protestierte gegen das Verbot, und der Erzbischof von Bamberg bedrohte die Gegner der Unfehlbarkeit mit dem Banne. Als von den neun theologischen Professoren der Münchener Universität sechs die Konzilsbeschlüsse auf Wunsch des Münchener Erzbischofs schriftlich anerkannten, gab ihnen der akademische Senat einen Verweis. Unter Führung seines von Ludwig hochgeehrten Lehrers Döllinger, welcher am 17. April vom Erzbischofe von München exkommuniziert wurde, und Friedrichs, entstanden die Altkatholikenvereine in Bayern. Der König wurde am 3. Mai in einer Adresse mit 12000 Unterschriften gebeten, dem Unfehlbarkeitsdogma entgegen zu treten. Die Bischöfe wurden, da Graf Bray sich für das Unfehlbarkeitsdogma erklärt hatte, immer anmaßender, wollten sogar die weltliche Regierung an sich reißen, so daß sich Ludwig gezwungen sah, Bray am 22. Juni zu entlassen. Graf Hegnenberg-Dux wurde Ministerpräsident, Lutz erhielt den Kultus und Fäustle wurde Justizminister.

Die Bischöfe trieben ihre Anmaßung zu weit, so daß Lutz am 14. Oktober erklärte, daß das Ministerium den Altkatholizismus zu schützen und den Staat vor jedem Eingriffe der Kirche zu wahren gedenke und dabei im Konkordate von 1818 keine Schranke sehe.

Jetzt wurden auch die „Patrioten" uneins. Jörg trat ins Zentrum, seine Feindschaft gegen Preußen und das Reich verbergend, während die Minorität unter Sigl, Redakteur des „Vaterland", auf dem Lande seine pöbelhafte Agitationsthätigkeit entfaltete.

Verschiedene klerikale Anträge, wie Einschränkung der Reichskompetenz, Aufhebung aller Gesandschaften an den außerdeutschen Höfen, fielen durch und eine Beschwerde gegen Lutz, weil er einen exkommunizierten Pfarrer Schutz gewährt und dadurch Konkordat und Verfassung verletzt habe, wurde abgewiesen.

Auf Hegnenberg-Dux, welcher am 2. Juni 1872 durch den Tod abging, folgte Pfretzschner am 24. September als Ministerpräsident und Minister des Äußern, v. Berr wurde Finanzminister. Das 400jährige Jubiläum der Universität zu München wurde im August 1872 festlich begangen.

Unter dem Ministerium Pretzschner verloren die Ultramontanen eine Position nach der andern. Im Jahre 1873 gingen mehrere Patrioten zur Fortschrittspartei über, Lutz behauptete trotz aller Anfeindung seinen Posten, und die Kompetenz des Reichs wurde noch erweitert.

Bei den Reichstagswahlen am 10. Januar 1874 erhielten die Klerikalen 32 und die Liberalen nur 16 Wahlbezirke und bei den Landtagswahlen am 24. Juli 1875 wurden 79 Ultramontane und 77 Liberale gewählt. Eine taktlose Adresse der Ultramontanen nahm Ludwig im Oktober 1873 eben so wenig als die Demission der Minister an, wofür er vom ganzen liberalen Deutschland geschätzt wurde. Sein persönliches Verhältnis zu dem verwandten Hause Hohenzollern war äußerlich ein sehr kühles, er vermied jede Berührung mit ihm, ebenso wie man auch in Berlin sehr darauf achtete, seinen Stolz nicht zu verletzen.

Am 3. März 1876 beantragte Freytag ein Mißtrauensvotum gegen das Ministerium und Jörg interpellierte bezüglich eines Landtagswahlgesetzes. Die Klerikalen, die sich nun „Sr. Majestät allergetreueste Opposition" nannten, wurden immer ungestümer, so daß die Regierung am 2. April zwei katholische Volksvereine schloß. Das Ministerium wurde vom Könige kräftig unterstützt. Den Patrioten wurde das Budget abgetrotzt und auch der außerordentliche Militärkredit von 16 Millionen wurde mit einigen Abstrichen bewilligt. Jetzt griffen sich die Führer der ultramontanen Fraktionen Sigl und Jörg wegen der Erfolglosigkeit der Landtagssession gegenseitig an. Der Antrag von Herz, die außerdeutschen Gesandtschaften aufzuheben, wurde im Jahre 1877 ebenso abgelehnt, wie schon 1876. Der von der Regierung am 20. November 1877 geforderte außerordentliche Militärkredit von 3698400 wurde im Juli 1878 genehmigt und Berr trat, von den Ultramontanen gedrängt, am 24. November 1877 zurück; ihm folgte v. Riedel als Finanzminister. Der unter Sigl stehende katholische Volksverein löste sich am 9. Oktober 1878 auf; 1879 wurden die neuen Justizgesetze in Bayern eingeführt.

Die Patrioten zeigten sich jetzt der Regierung gegenüber immer freundlicher, während Sigl's Anhang sich der „Verpreußung" widersetzte und sogar von Rom aus wegen seiner Agitation getadelt wurde. Der Landtag von 1879 ging sehr friedfertig vorüber. Im Jahre 1880 zeigte sich statt der bisherigen Überschüsse ein Defizit von über 25 Millionen, welches man durch Erhöhung der direkten Steuer und der Braumalzsteuer zu decken suchte, doch wurde letztere von der zweiten Kammer nur bis 1. Januar 1882 bewilligt. Im Frühling 1880 wurde Lutz Ministerpräsident und Baron Crailsheim Minister des Auswärtigen. Das 700 jährige Regierungsjubiläum des Hauses Wittelsbach wurde im September 1880 unter allgemeiner Beteiligung des Volkes gefeiert.

Ludwig beteiligte sich jetzt sehr wenig an der Regierung seines Landes, welche trotzdem in seinem Geiste fortgeführt wurde. Eine Proklamation des Königs vom 22. August dankte dem Volke für seine Treue und seine Anhänglichkeit an den Thron. Im Jahre 1881 wurden vier neue Steuergesetze eingeführt, das Schulgesetz geändert, eine Landtagswahlreform eingeführt. Wegen Ablauf der sechsjährigen Legislaturperiode (1876—81) mußte zu Neuwahlen geschritten werden, wobei die Klerikalen 87 Abgeordnetensitze gegen 3 Protestanten und 69 Liberalen errangen. Noch vor den Wahlen trat Pfeufer, Minister des Innern, vom Amte zurück, und ihm folgte Freih. v. Feilitzsch. Eine Reihe von klerikalen Anträgen fielen durch und Ludwig betonte in einem Rundschreiben an den Minister v. Lutz, daß an den Rechten des Staates festgehalten werden müsse.

* * *

Vox populi — vox dei. Wenn man diesem Spruche Glauben schenken kann, so ist es die Verlobungsgeschichte von 1867, die vom Volke in unzähligen Variationen erzählt wird, welche den Grund zu jener schrecklichen Krankheit Ludwigs legte, die seinen so entsetzlichen Tod herbeiführte.

Sein Wahnsinn äußerte sich ursprünglich eigentlich bloß im übertriebenen Kultus der Kunst, und die Einschränkung, die ihm diesbezüglich in der letzten Zeit auferlegt wurde, verbunden mit der (allerdings durch die Verhältnisse gebotenen) Verletzung seiner von ihm so eifersüchtig bewachten königlichen Würde, beschleunigte die traurige Katastrophe.

Die Aufmerksamkeit der ganzen Welt lenkt sich neuerdings auf jene Märchenschlösser, welche der König, seinem mit echtem Kunstsinn gepaarten, märchenhaft phantastischen Eingebungen folgend, ohne Rücksicht auf die nach Millionen sich belaufenden Kosten mit seinem Herrscherworte „Es werde!" ins Leben gerufen hat. Der königliche Einsiedler liebte es nicht, mit seinen Schlössern insofern Prunk zu machen, daß er den Eintritt in dieselben und deren Besichtigung gewöhnlichen Menschenkindern gestattet hätte. Verschlossen, gleich dem menschenscheuen und nur auf die allernotwendigste Gesellschaft beschränkten Monarchen, blieben auch Jahr aus Jahr ein die Thore dieser Zauberschlösser — sie öffneten sich bloß, wenn deren königlicher Eigentümer plötzlich und unerwartet, oft zu mitternächtlicher Zeit, mit seinem kleinen Hoflager Einlaß begehrte. Auf diesen Burgen, welche von den Meisterhänden der ersten deutschen Künstler geschmückt sind, weilte der unglückliche König überaus gern, aber nie lange. Abwechselnd, nach einem Aufenthalte von je einigen Wochen, zog er mit seinem treuen Gefolge von einem Schlosse aufs andere, überall geheimnisvolle Zwiegespräche mit den Genien der Künste haltend und stets über neue Pläne zu noch prunkvolleren und phantastischeren Bauwerken sinnend und grübelnd. Von diesen Zauberschlössern verdient vor Allem Schloß Hohenschwangau genannt zu werden. In diesem Schlosse hat der unglückliche Monarch den Traum seiner Jugend geträumt. In dankbarer Erinnerung an die hier verlebten sonnigen Tage ließ er das Schloß später sowohl von innen als von außen mit fast märchenhafter Pracht schmücken. Weiter ist das Schloß Berg, jene unheimliche Stätte, in welcher der bedauernswerte König sein Leben auf so entsetzliche Weise aushauchte. Das Schloß ist nicht nur für die Geschichte Bayerns, sondern auch in der Geschichte der Musik von Bedeutung. Hier war es, wo König Ludwig mit Richard Wagner den so innigen Freundschaftsbund geschlossen. Die größte Sehenswürdigkeit im Schlosse Berg ist jenes märchenhaft schöne Schlafgemach, welches drei Stockwerke hoch und mit einem kunstvoll aus Topas-Glas gearbeiteten „Himmel" versehen ist, durch welchen man an hellen Nächten die ewigen Himmelslichter durchschimmern sieht. Allein das großartigste von allen

Bauarten ist das dem weltberühmten Schloß Versailles bis in die kleinsten Details genau nachgebildete, auf der Insel Herren-Wörth am Chiemsee erbaute Schloß, an welchem nahezu zwölf Jahre ununterbrochen Tausende von Händen gearbeitet haben. Die Pracht, die hier herrscht, ist unbeschreiblich, jeder einzelne Saal ist mit fabelhaftem Luxus eingerichtet. Die berühmte Uhr Louis' XIV., alle Büsten, Figuren, ja selbst das Plafondgemälde, die Glorie Ludwig's XIV. darstellend, sind hier naturgetreu zu sehen. Die Wände sind mit den kostbarsten Purpurstoffen bekleidet. Am wunderbarsten ist das Latona-Bassin mit den roten Marmormuscheln und unzähligen Figuren aus cararischem Marmor. Latona, die Göttin, mit ihren Kindern als Gruppe und herumspeiende Frösche, Eidechsen, Schildkröten und die in Amphibien verwandelten Lykier, welche der Göttin einst Wasser versagt haben. Welches Schicksal steht diesen Zauberschlössern bevor? Sie werden vielleicht verfallen und einst als Ruinen von dem traurigen Schicksale des unglücklichen Bayernkönigs der Nachwelt erzählen.

Wir gönnen hier noch einer Schilderung Raum, welche einige der exzentrischen Ideen König Ludwigs zum Gegenstand hat: Was in den 60er Jahren an Exzentritäten von König Ludwig erzählt wurde, reicht nicht an das hinan, was die letzten Jahre brachten. Der junge König liebte eben damals die Menschen nicht und am wenigsten die, welche die Majestät in ihm ehrten. Bei Kufstein ist ein Wirtshaus, in dem er zahllose Male war, eine Nacht hindurch oder zwei, da durfte aber niemand den König in ihm erkennen, sonst war er verschwunden. Eine Wirtschaft war auf dem Schachen, in der er gern verweilte, weil sein Incognito von den Wissenden gewahrt wurde; kamen aber Leute, die den König in ihm erkannten und ihn das merken ließen, dann fuhr er unwirsch auf und eilte davon. Er fühlte sich beseligt, wenn er unerkannt durch seine Lande ziehen konnte. Einmal wurde er wieder durch zwei Tage in München vermißt, da kam aus einem Bergneste die Kunde, daß er bei strömendem Regen in einer Berghütte einen Regenschirm ausgeborgt habe; und die getreuen Minister kamen, den König wieder zu holen...

Mit behaglicher Heiterkeit erzählte sich München damals diese und ähnliche Geschichtchen und man war völlig stolz

auf diese Absonderlichkeiten des jungen, schönen Königs —
wie anders ist das im Laufe der Jahre geworden!

Eine Zeit lang lebte König Ludwig in dem Wahne,
Lohengrin zu sein. Mit leidenschaftlicher Sehnsucht überkam
ihn nun der Wunsch, gleich Lohengrin, von einem Schwane
gezogen, die Fluten zu durchmessen, aber nicht auf der profanen Erde sollte es sein, sondern hoch oben in den Lüften,
nahe dem Mond. So gab er denn Befehl, hoch oben auf
dem Dachboden des Münchener Schlosses ein großes Bassin
anzulegen. Ein Teil des Daches wurde zur Ausführung dieser
barocken Idee verwendet. Man stellte einen riesigen Metallkessel her, welcher an der Seitenfront des Schlosses in den
Dachboden gefügt wurde. Durch eine eigene Maschinerie
wurde Wasser hinaufgepumpt und im Kostüm Lohengrin's
fuhr nun der König in silberner Rüstung in einem Kahne,
dem ein Schwan, natürlich ein ausgestopfter, vorgespannt war,
in dem Bassin dahin. Aber das genügte ihm nicht. Das
Wasser war zu hell und Lohengrin brauchte blaue Fluten.
Es wurde nun beraten, was zu thun sei, um dem Wasser
die poetische Bläue zu geben. Da kam ein Liebling des
Königs auf die Idee, das Bassin mit großen Mengen
Kupfervitriols zu füllen. Nun war es schön blau, aber nach
einiger Zeit griff die Vitriollösung das Metall des Bassins
an, und das Wasser drang durch die Plafonds in die prachtvollen Königsgemächer hinab, alles verwüstend. Das ging
also auch nicht. Man besserte mit großen Kosten die Schäden
aus und der Optiker Frauenhofer in München wurde nun
berufen, durch gewisse Lichteffekte dem Wasser eine blaue
Farbe zu geben. Damit war der König aber noch nicht zufrieden. Das Wasser war zu tot, König Ludwig wollte
Bewegung. Man brachte endlich einen Mechanismus an, um
dem Wasser einen Wellenschlag zu geben. Einige Diener
arbeiteten im Schweiße ihres Angesichts, um durch Umdrehung
eines in das Wasser gesenkten Rades den Wellenschlag hervorzubringen. Aber die Wellen waren dem König zu schwach
und er forderte gebieterisch eine größere Bewegung. Die
Arbeiter vermehrten die Umdrehungen, die Wellen wurden
stärker und stärker — aber der König fiel in's Wasser. Diese
Episode störte ihm die Illusion, da Lohengrin mit seinem

Fahrzeuge niemals Schiffbruch gelitten hatte, und König Ludwig gab endlich infolgedessen die Bassinfahrten auf dem Dache auf.

Eines Tages äußerte der König den Wunsch, als Berggeist durch's Gebirge zu schweifen. Er ließ einen schönen Kahn bauen, und sechs Diener mußten ihn in dem Kahn über die Berge tragen; sie trugen Filzschuhe, damit ihr Tritt den König nicht aus seinen Träumen wecke. Nahe verwandt diesem Einfalle war die andere Manie des Königs Ludwig, durch die Lüfte zu fliegen und wie die Götter über die Regenbogenbrücke nach Walhall zu schreiten. Das war sein höchstes Ziel. Er ließ eine große Flugmaschine bauen, um mit Hilfe derselben den Äther zu durchfahren, natürlich ohne Schaden für seine Glieder. Die Flugmaschine wurde ausprobiert und mit einem Bauern das Experiment versucht, ob sie sicher funktioniere. Die Maschine arbeitete sehr kräftig — der Bauer blieb tot auf dem Platze.

Daß die königliche Privatschatulle durch derartige Phantasien stark erschöpft wurde, läßt sich denken. Ludwig bekümmerte sich aber wenig darum, und im letzten Jahre waren es besonders die Separatvorstellungen, welche bei der Kassenfrage sehr ins Gewicht fielen. Er sandte sogar ein Telegramm an Adeline Patti, sie einladend, nach München zu kommen, um bei einer Separatvorstellung mitzuwirken. Die berühmte Diva lehnte es ab mit der Motivierung, daß sie gewohnt sei, vor vollem Hause zu spielen, und daß sie vor dem Könige als einzigem Zuschauer keinen Ton aus der Kehle bringen würde. Unter den präsentierten Rechnungen der in diesem Frühjahre ungestüm gewordenen Gläubiger befand sich auch eine solche im Betrage von 200 000 Mark für die Ausstattung von „Theodora" von Victorien Sardou.

Ultramontane Zeitungen waren die ersten, welche Nachrichten einer Finanzkalamität in die Öffentlichkeit lancierten, und wonach eine hochgradige Mißstimmung im bayrischen Volke Platz gegriffen haben sollte; dann wurde behauptet, der Gemüts- und Gesundheitszustand des Königs sei besorgniserregend, und schließlich kam die Teufelskralle zum Vorschein, indem erst leise auf einen Thronwechsel angespielt, dann ganz ungescheut über eine Thronnachfolge öffentlich in den Zeitungsspalten diskutiert wurde.

Am 7. Mai d. J. brachte die „Kölnische Zeitung" zur bayrischen Kabinetskassenfrage folgendes:

„In den bayerischen Blättern wimmelt es jetzt von Nachrichten über die bayerische Kabinetskassenfrage, aber auch hier bestätigt sich die Wahrnehmung, daß Diejenigen, welche am wenigsten wissen, das Meiste zu erzählen haben. Wenn aus dem Gewirr der sich kreuzenden und vielfach widersprechenden Mitteilungen irgend etwas als glaubwürdig herausspringt, so ist es die Abneigung der ultramontanen Partei, der finanziellen Bedrängnis der Krone abzuhelfen. Wir zweifeln allerdings, daß dieser Standpunkt innerlich von allen Mitgliedern der Partei geteilt wird und die Angabe des Sigl'schen „Vaterland", daß der Kabinetssekretär des Königs mit zwei hervorragenden Landtagsmitgliedern, wovon eines der Reichsratskammer angehöre, Rücksprache genommen und willfähriges Gehör gefunden, hat die Wahrscheinlichkeit für sich, aber andererseits lassen die Partei-Organe mit ihrer Haltung keinen Zweifel daran zu, daß die Masse der Abgeordneten-Fraktion gegen jede Unterstützung ist und die „Barone" wieder einmal den Kürzeren gezogen haben. Es scheint darnach in München umgekehrt wie hier im Reichstage zuzugehen, wo die Intransigenten regelmäßig unterliegen und höchstens den Trost noch haben, daß Dr. Windthorst sich Scheines halber an ihre Spitze stellt. Davon, daß Zentrumsratschläge in den bayerischen Dingen mitspielen, ist zunächst nichts wahrnehmbar; wenigstens werden sie, nach der bisherigen Taktik der dortigen Ultramontanen zu urteilen, nicht befolgt. Mit besonderer Beflissenheit weisen die Blätter des ultramontanen Klubs darauf hin, daß man durch neue Auflagen auf die Zivilliste die künftigen Herrscher aus der Dynastie Luitpold nicht verkürzen dürfe — insofern eine etwas frühreife Sorge, als sowohl der König, wie sein Bruder Otto nach ihrem körperlichen Befinden nichts zu wünschen übrig lassen und selbst bei einem Todesfalle nur eine Regentschaft in Frage stände. Demselben Zweck wie diese angebliche Besorgnis scheint die soeben durch eine ultramontane Partei-Korrespondenz verbreitete Schauermär dienen zu sollen, daß der Fehlbetrag der bayerischen Kabinetskasse sich auf 60 Millionen Mark belaufe. In zwei Augsburger ultramontanen Blättern — vielleicht haben auch andere dieselbe Quelle — wird mit großer Dreistigkeit behauptet, die Königin-Mutter habe „über Straßburg 30 Millionen zur Verfügung erhalten" (wer der milde Spender sei, wird nicht angegeben) und diese hergegeben; Prinz Luitpold habe persönlich ein weiteres Opfer von 3 Millionen gebracht, und trotzdem sei der Fehlbetrag noch 27 Millionen. Bei einer solchen Sachlage würde allerdings der Gedanke an eine Ordnung der königlichen Geldverhältnisse um so weniger gefaßt werden können, als die erste damals abschließende Regelung vor kaum zwei Jahren ins Werk gesetzt wurde. In Wirklichkeit beträgt nach einer Mitteilung der „Süddeutschen Presse" die vorhandene Schuldenlast kaum mehr als das Anderthalbfache der königlichen Jahreseinkünfte, somit 6—6½ Millionen Mark, eine Summe, welche aus den eigenen Mitteln der Kabinetskasse in verhältnismäßig kurzer Zeit eingespart werden könnte. Nach den Mitteilungen in den bayerischen Blättern hatte das Ministerium einen darauf gehenden Plan entworfen, die Form einer Staatsanleihe sollte nur wegen der leichteren Unterbringung und des niedrigen Zinsfußes gewählt werden, und die bayerischen Liberalen scheinen geneigt gewesen zu sein, diesen Weg, welcher die Staatsfinanzen thatsächlich nicht im Geringsten beschwert hätte, zu billigen. Aber die Ultramontanen werden nach ihren eigenen Blättern als die mit Recht Widerstrebenden gepriesen, und wenn anfänglich einzelne Führer anderer Meinung gewesen sein sollten, haben sie auch hier wie bei früheren Anlässen sich lobenswürdig unterworfen. In den ultramontanen und auch einigen fortschrittlich angehauchten Provinzialblättern wird der Versuch gemacht, die Schuld der jetzigen Verhältnisse dem Ministerium aufzuladen, allein selbst die „Münchener Neuesten Nachrichten", welche dem Ministerium nichts weniger als gewogen sind, sprechen die Überzeugung aus, daß solche Vorwürfe unberechtigt sind. Im Allgemeinen hat man den Eindruck, daß die bayerischen Ultramontanen auch in dieser Sachlage mit herkömmlichem Ungeschick manövrieren und die eigenen, zum Teil einsichtigeren Führer mit in den Sumpf reißen. Aus dem mitgeteilten finanziellen Status ergibt sich übrigens, daß die vorhandenen Schwierigkeiten mit leichter Mühe geordnet werden könnten, wenn der König will."

Wie man sieht, an phantastischen Kombinationen fehlte es nicht, und es wurde diese Angelegenheit politisch ausgebeutet, um dem bayrischen Ministerium seine Stellung möglichst schwer zu machen. Es wurde ihm die Schuld für alle Verlegenheiten zugeschoben.

Mit allem Rechte wurde diesen grundlosen Angriffen gegenüber in der Münchener „Allgemeinen Zeitung" geltend gemacht, daß die Minister von Anfang an, wo die Verwickelungen einen den Kreis des Privatlebens überschreitenden Charakter angenommen haben, auch in dieser Beziehung als die ersten Berater der Krone ihre Pflicht geübt haben, und daß es nur die den Verhältnissen entsprechende Rücksichtnahme war, wenn so lange davon geschwiegen wurde. Jetzt, wo diese Beschuldigung systematisch und als politische Parteiwaffe verwendet wurde, zum Teil um andere dunkle Pläne zu decken und zu fördern, erfordert es die Gerechtigkeit und das Staatsinteresse zugleich, der Wahrheit die Ehre zu geben, und eine betreffende Richtigstellung in der „Allgemeinen Zeitung" war ebenso dankenswert als notwendig.

Alle möglichen Anekdoten kamen jetzt in Umlauf, welche offenbar dazu bestimmt waren, den König als unzurechnungsfähig hinzustellen und das Volk mit der Notwendigkeit eines Regierungswechsels vertraut zu machen.

Gegen Ende Mai meldete ein Wiener Blatt, daß der Plan einer Regentschaft des Prinzen Luitpold bereits am 25. Mai für reif zur Ausführung erklärt worden sei. Gleich darauf (30. Mai) brachte die Münchener „Allgemeine Zeitung" die Erklärung, daß sie offiziell ermächtigt sei, diese Meldung des Wiener Blattes für unwahr zu erklären.

Am selben Tage brachte aber die „Vossische Zeitung" folgende Meldung aus München:

„Zwischen dem Prinzen Luitpold und dem Gesamtministerium bestand eine feste Abmachung für die Regentschaft Luitpold's. Letzterer erklärte, man thue Unrecht, ihn für ultramontan zu halten, und forderte die Minister auf, auch unter seiner Regentschaft im Amte zu bleiben. Der Eintritt der Regentschaft ist schon für die nächste Zeit zu erwarten. Man glaubt, daß durch eine Proklamation des Prinzen Luitpold und des Ministeriums, welche der Landtag billigt, König Ludwig und Prinz Otto als derzeitig nicht in der Lage erklärt werden, die Regierung des Landes zu führen. Die Zustimmung des Reichs dürfte schon eingeholt sein."

Die Erbfolgefrage war aber doch schon von allen Politikern in Betracht gezogen, und brennende Tagesfrage geworden. Die „Nationalzeitung" sprach sich darüber folgenderweise aus:

„Wie seinerzeit in Preußen bei der unheilbaren Erkrankung Friedrich Wilhelm's IV., läge die Hauptschwierigkeit für einen ähnlichen Fall in Bayern darin, die Entscheidung über den Eintritt der Regentschaft herbeizuführen. Daß der König selbst dafür Vorsorge treffe, ist nicht zu erwarten, und über die im entgegengesetzten Falle eintretende Kompetenz der beteiligten Faktoren, insbesondere der Stände, „welchen die Verhinderungsursachen anzuzeigen sind", und die ihre „Zustimmung" zur Einsetzung der Regentschaft zu geben haben, spricht sich die bayerische Verfassung noch weniger deutlich aus, als die preußische, nach welcher der nächste Agnat die Regentschaft übernimmt und den Landtag beruft, „der über die Notwendigkeit der Regentschaft beschließt", welcher Bestimmung in Bayern nur die einzuholende „Zustimmung der Stände" entspricht. Der nächste Agnat zur Krone ist in Bayern der jüngere Bruder des Königs, Prinz Otto, welcher seit Jahren thatsächlich als geisteskrank, also regierungsunfähig zu betrachten ist. Sodann folgt der Oheim des König, Prinz Luitpold, fünfundsechszig Jahre alt, dessen ältester Sohn, Prinz Ludwig, einundvierzig Jahre alt, (wie der König) ist. Prinz Luitpold ist ein feingebildeter, wohlwollender und sehr beliebter Herr, aber von klerikalpatriotischer*) Richtung. Wenn ihm die Regentschaft zufiele, so wäre ein Systemwechsel in dieser Richtung bestimmt zu erwarten. Es ist daher sehr natürlich, daß bei aller Einstimmigkeit in der Beurteilung der Verlegenheit der Zivilliste und ihrer Gründe und Folgen

---

*) Prinz Luitpold ist liberal; es scheint dies ein Irrtum der Nationalzeitung zu sein.

die Wünsche und Bestrebungen über Regentschaft und Thronfolge weit auseinandergehen, und die national und liberal gesinnten Elemente, die in Bayern im Beamten= und Offizierstande weitaus die Mehrheit bilden, der Fortdauer der Regierung Ludwigs II. vor einer Aszension der Luitpoldiner entschieden den Vorzug geben."

Die Magdeburger Zeitung brachte am 13. Juni einen Artikel, von welchem wir einen Teil als Beitrag zur Charakteristik Ludwigs hier folgen lassen:

„Über die Lebensweise des Königs ist viel gefabelt worden. Vor den Aufreizungen und Verdrießlichkeiten der jüngsten Monate war er kein Trinker; seinem mächtigen Körper entsprechend, dagegen ein starker Esser. Früher ein kühner und gewandter, wenn auch nicht schulgerechter Reiter, war er später auch für das stärkste Pferd zu schwer geworden. Erst von da ab datierte eigentlich sein Verfall; so lange er noch durch das Hochgebirge oder an den Ufern des Starnberger Sees dahinjagend die Berührung mit dem Landvolk unterhielt, waren Menschenscheu und Lebensekel immer wieder zu verscheuchen; erst später schlugen die Schatten der Verdüsterung von allen Seiten über ihn zusammen. Soldat war er nie; „ein Stück gemaltes Elend" sagte er vor einem von ihm selbst für die Pinakothek bestellten Gemälde „Die Bayern in der Schlacht bei Wörth"; nicht später als an seinem 30. Geburtstage, 25. August 1875, hielt er auf dem Münchener Marsfelde seine letzte Parade ab. Bei derselben als einer rein intern bayerischen Angelegenheit soll ihn die Anwesenheit des preußischen Militärbevollmächtigten, Majors v. Stülpnagel, späteren Schwiegersohnes des Generals Freiherrn v. d. Tann und jetzt Obersten und Kommandeurs des Berliner Garde=Füsilierregiment, stark verdrossen haben. „Besser den Stülpnagel, als den Sargnagel" (nämlich der bayerischen Selbständigkeit) sagte in seinem nächsten „Punsch" der jetzt auch schon dahingegangene Dr. Martinus Schleich witzig.

In jüngeren Jahren war er leicht sichtbar; die Frohnleichnamsprozession, das Oktoberfest u. s. w. zeigten ihn der Menge. Auch mit dem jetzigen deutschen Kaiser hat er vor und nach 1866 Zusammenkünfte gehabt. Das Jahr 1874 bezeichnete in dieser Beziehung einen Markstein. Am 4. Juni begleitete er die Frohnleichnamsprozeſſion; am 13. Juli machte er dem deutſchen Kaiſer die Honneurs am Eingang des Münchener Bahnhofes, am 2. Oktober beſuchte er das Oktoberfeſt. Alles dies zum letzten Male. Schon bei der letzten Begegnung mit dem Kaiſer fiel an der dieſen um einen halben Kopf überragenden Geſtalt die Ungelenkheit auf; neben dem ſchnell und elegant daher ſchreitenden 77 jährigen Herrn konnte der 29 jährige König kaum Schritt halten. Trotz der bereits ſtark merkbaren Schwerfälligkeit war übrigens Ludwig II. damals eine ſchöne Erſcheinung; auf ſonnengebräuntem Geſichte ſtarker, pechſchwarzer Schnurr- und Kinnbart; ſcharfe dunkelblaue Augen ſchauten gebieteriſch darein. In ſpäteren Jahren fuhr er nur gelegentlich in geſchloſſenem Wagen durch den Münchener Hofgarten; aus der Ferne ſah man eine phantaſtiſch korpulente Erſcheinung, Haar und Vollbart in langen Strähnen.

Am 27. Juli 1870 fuhr König Ludwig II. mit dem Kronprinzen Friedrich Wilhelm in München ein; auf dem Rückſitze in Chevauxlegersuniform die zierliche Geſtalt des Prinzen Otto. Neben dem auffallend ernſthaft dreinſchauenden künftigen Heerführer der ſüddeutſchen Armeen ſtrahlte der jugendlich ſchöne König von Liebenswürdigkeit und nationaler Begeiſterung, am Abend in dem Hoftheater traten bei den patriotiſchen Verſen des Feſtprologes die beiden hochragenden Fürſtengeſtalten unter donnerndem Volksjubel Hand in Hand an die Logenbrüſtung. Jetzt? Seit mehr als einem Jahrzehnt ſiecht der jüngere Sohn Maximilian's II. hoffnungslos dahin; demſelben Schickſal iſt in dieſen Tagen endlich auch ſein königlicher Bruder anheim gefallen; der für die Bundestreue Bayerns und des Südens 1870 entſcheidend geweſene Faktor iſt jetzt der Gegenſtand pſychiatriſcher Behandlung, und wird nach menſchlichem Ermeſſen bald ein Bewohner der dunklen Königsgruft in der Theatinerkirche ſein. Wenn in München, reſidierte der Kaiſer drei Stock hoch in dem von ſeinem Großvater geſtifteten „Königsbau", der genannten Kirche und ihrer Gruft gerade gegenüber. Ob ſich der ſchwermütige Herr an die betreffende Gedankenreihe bei Zeiten gewöhnen wollte?

Zur Charakterisierung des Geisteszustandes des Königs diene folgender Bericht:

Der König beschäftigt sich nur noch mit seinen Hirngespinsten und unterliegt rückhaltslos den Täuschungen seiner Sinne, die ihn oft in angenehmer, vielfach aber auch in quälendster Weise erfüllten und ihm nunmehr jede objektive, freie Entschließung unmöglich machten. Leider macht seine Natur eine Besserung nicht wahrscheinlich. Daß aber Vorstellungen, und seien sie noch so eindringlich, keinen Erfolg, zum mindestens keine dauernde Wirkungen haben können, ist nach dem Gesagten klar.

Ein aus München vom 7. Juni datierter Bericht desselben Blattes enthält folgende amtlich beglaubigte Einzelsymptome, welche eine tiefe Geisteszerrüttung zweifellos erkennen lassen:

Man hat einen Zettel des Königs an den Minister Frhrn. v. Feilitzsch in Händen, worin letzterer aufgefordert wird, sofort 20 Millionen Mark zu beschaffen, aber „ohne die gewöhnlichen Ausflüchte"; sollte er (Feilitzsch) es für nötig halten, andre Minister zu wählen, so solle er es ganz unbeschränkt thun. Weiter: dem König begegnet ein Gendarm, der ihm gefällt, so daß er ihn aufs Schloß ladet. Der Gendarm fragt pflichtgemäß bei seinem Vorgesetzten an, der ihm rät, der Weisung zu folgen. Der König empfängt den Gendarm, zieht ihn zur königlichen Tafel und beschenkt ihn am Schluß mit einem Harmonium im Werte von 1500 Mark. Ein andres Mal feiert der Chevauleger, ein gemeiner Soldat, der jetzt Generalvollmacht vom Könige hat, seinen Geburtstag. Der König legt ihm zu Ehren die Uniform seines Chevaulegerregiments an. Auch der Chevauleger wird zur königlichen Tafel gezogen. Während des Essens hält der König eine längere, die Verdienste des Geburtstagskindes feiernde Rede und überreicht demselben ein Boukett.

Ein junger Bezirksamtsassessor erhält eine Vorladung vom König. Er wird von dem damals Generalvollmacht besitzenden Friseur des Königs empfangen und nicht etwa auf seine Bereitwilligkeit, in das königliche Kabinettssekretariat einzutreten, geprüft — Herrn v. Schneider war auf einem Zettel mitgeteilt worden, daß „er die königliche Gnade nicht mehr habe", weil die Verhandlungen in der Kammer gescheitert waren —, sondern es wird ihm einfach der Auftrag gegeben, ein — neues Ministerium zu bilden. Es blieb ihm natürlich nichts andres übrig, als sich kopfschüttelnd zu empfehlen.... Alles dies ist amtlich festgestellt.

Nun noch ein Vorfall aus etwas weiter zurückliegender Vergangenheit. Der König hatte eine jener nächtlichen, die Schauspieler äußerst anstrengenden Separatvorstellungen im Theater zu München gesehen, als er sich durch den bedienenden Chevauleger die sofortige Wiederholung derselben Vorstellung befahl. Ein Hofschauspieler, welcher jetzt aus dem Verbande des Theaters scheidet, glaubte sich dazu nicht imstande und ließ in den respektvollsten Äußerungen um Entschuldigung bitten. Noch einmal versuchte es der König, aber der Schauspieler gab nicht nach. Der König geriet darob so in Zorn, daß der diese Kunde überbringende Chevauleger sichtbare Spuren der Züchtigung mit einem Wassergefäße davontrug.

Wie es heißt, hat der König sich auch an den Grafen von Paris um Hilfe aus seinen finanziellen Nöten gewendet, und dieser letztere sich zu Gelddarleihungen bereit erklärt, aber Bedingungen gestellt, die auf politischem Gebiete liegen und deren Erfüllung schwerlich sich hätte durchsetzen lassen. Die Antwort des Grafen von Paris soll übrigens nicht in die Hände des Königs gelangt sein, da sie nicht an diesen direkt gesandt wurde..... Die Hauptschwierigkeit bei der Errichtung einer Regentschaft ist die Möglichkeit, daß dann der König, der schon zweimal auf dem Wege nach München war und stets auf der Hälfte des Weges umkehrte, plötzlich in der Hauptstadt erscheint, um die Regentschaft zu verhindern...."

Münchener Berichten zufolge fanden Dienstag und Mittwoch verschiedene Ministerrats-Sitzungen unter Vorsitz des Prinzen Luitpold statt, wobei ein ärztliches Gutachten nebst eingehender Begründung zur Mitteilung kam.

Das Gutachten der eidlich über den Gesundheitszustand König Ludwigs vernommenen vier Ärzte vom 8. Juni ist amtlich veröffentlicht worden. Der Tenor lautet: Wir erklären einstimmig:

1. Se. Majestät sind in sehr weit vorgeschrittenem Grade seelengestört, und zwar leiden dieselben an jener Form von Geisteskrankheit, die den Irrenärzten aus Erfahrung wohlbekannt und als Paranoia (Verrücktheit) bezeichnet wird.

2. Bei dieser Krankheitsform, ihrer allmähligen und fortschreitenden Entwicklung und schon sehr langer, über eine größere Reihe von Jahren sich erstreckenden Dauer ist Se. Majestät unheilbar und nur noch ein weiterer Verfall der Geisteskräfte sicher in Aussicht.

3. Durch die Krankheit ist die freie Willensbestimmung des Königs vollständig ausgeschlossen und ist derselbe als verhindert an der Ausübung der Regierung zu betrachten, welche Verhinderung nicht nur länger als ein Jahr, sondern die ganze Lebenszeit andauern wird.

(gez.) **Gudden, Hagen, Grashey, Hubrich.**

Am Donnerstag, 10. d., erfolgte sodann die Proklamierung der

Regentschaft des Prinzen Luitpold.
Bayrisches Gesetz- und Verordnungblatt.

„Im Namen Seiner Majestät des Königs".

„Unser Königliches Haus und Bayerns treubewährtes Volk ist nach Gottes unerforschlichem Ratschlusse von dem erschütternden Ereignisse betroffen worden, daß Unser vielgeliebter Neffe, der Allerdurchlauchtigste, Großmächtigste König und Herr, Seine Majestät König Ludwig II., an einem schweren Leiden erkrankt sind, welches Allerhöchstdieselben an der Ausübung der Regierung auf längere Zeit im Sinne des Titels II. §. 11 der Verfassungsurkunde hindert.

„Da Seine Majestät der König für diesen Fall Allerhöchstselbst weder Vorsehung getroffen haben, noch dermalen treffen können, und da ferner über Unsern vielgeliebten Neffen, Seine Königliche Hoheit den Prinzen Otto von Bayern, ein schon länger andauerndes Leiden verhängt ist, welches ihm die Übernahme der Regentschaft unmöglich macht, so legen uns die Bestimmungen der Verfassungsurkunde als nächstberufenen Agnaten die traurige Pflicht auf, die Reichsverwesung zu übernehmen.

„Indem Wir dieses, von dem tiefsten Schmerze ergriffen, öffentlich kund und zu wissen thun, verfügen wir hiermit in Gemäßheit des Titels II §§. 11 und 16 der Verfassungsurkunde die Einberufung des Landtags auf Dienstag, den 15. Juni laufenden Jahres.

„Die Königlichen Kreisregierungen werden beauftragt, sofort alle aus ihrem Kreise berufenen Abgeordneten für die zweite Kammer unter abschriftlicher Mitteilung dieser öffentlichen Ausschreibung aufzufordern, sich rechtzeitig in der Haupt- und Residenzstadt München einzufinden.

München, den 10. Juni 1886.
Luitpold,
Prinz von Bayern.
Dr. Frhr. v. Lutz, Dr. v. Fäustle, Dr. v. Riedel, Frhr. v. Crailsheim, Frhr. v. Feilitzsch, v. Heinleth.

An das bayerische Heer wurde folgender Armeebefehl erlassen:

„Ich mache der Armee hierdurch bekannt, daß Seine Majestät der König durch schwere Erkrankung abgehalten ist, Sich den Regierungsgeschäften Allerhöchst zu widmen.

Infolgedessen habe Ich — bei der dauernden Behinderung Seiner Königlichen Hoheit des Prinzen Otto — als der dem Throne am nächsten stehende Agnat, auf Grund der Verfassungsurkunde die Regentschaft übernommen, um die Regierung des Königreichs und hiermit den Oberbefehl über die Armee im Namen Seiner Majestät des Königs zu führen.

Luitpold, Prinz von Bayern.
v. Heinleth.

München, 10. Juni."

* * *

Es galt nunmehr, den in Hohenschwangau anwesenden König Ludwig von der Einsetzung der Regentschaft zu unterrichten. Es konnte dies nur unter den schwierigsten Verhältnissen geschehen.

Über die Art und Weise, wie dies geschah, entnehmen wir der Augsburger Abendzeitung folgenden Bericht:

„Die Deputation, bestehend aus den beiden Kuratoren Grafen von Holnstein und Törring-Jettenbach, Staatsminister des königlichen Hauses und des Äußern, Frhrn. v. Crailsheim, Obermedizinalrat von Gudden mit einem Assistenzarzte und dem nötigen Pflegerpersonal, endlich dem Geh. Legationsrat Dr. Rumpler als Protokollführer; Oberstlieutenant Frhr. v. Washington war als zum künftigen Dienst bei der Majestät bestimmter Kavalier gleichfalls beigezogen worden. Die Herren gingen von München am Nachmittag des 9. d. nach Hohenschwangau, kamen daselbst um 10¼ Uhr nachts an und nahmen im alten Schlosse Hohenschwangau Absteigequartier. Aber schon hatten sich vermutlich durch untere Bedienstete Gerüchte bezüglich einer beabsichtigten Gefangennahme oder Entführung des Königs unter der dortigen Bevölkerung verbreitet, so daß hie und da Trupps von Bewohnern der dortigen Gegend angetroffen wurden, welche mitunter eine drohende Haltung annahmen. Doch eilte die Deputation, unbehelligt vor allen Seiten, ihrem Ziele zu, das, erreicht, zu kurzer Ruhe diente. Den Gewohnheiten des Königs folgend, machte sich die Deputation andern Morgens $\frac{1}{2}$3 Uhr —

und zwar sämtliche Mitglieder in voller Uniform — auf den Weg nach Schloß Neu-Schwanstein. Allein man war dort vollständig vorbereitet und, wie sich nachmals herausgestellt hatte, durch einen Bediensteten von den in Aussicht stehenden Schritten der Deputation unterrichtet und auf das Äußerste gefaßt. Die Gendarmerie, verstärkt durch die rascheste Heranziehung aller in der Umgegend streifenden Mannschaft, war mit den paar Chevaulegers — sämtliche mit scharfgeladenen Gewehren bezw. blankgezogenen Säbeln — auf ihrer Hut und hielt die Zugänge besetzt. An den nächststehenden Gendarmen wandte sich nun die Deputation, welche aus dem Wagen gestiegen war, um Einlaß, der aber auf Grund einer vorgezeigten allerhöchst schriftlichen Weisung schroff verwehrt wurde. Da alle Vorstellungen vergeblich waren, mußte sich die Deputation zurückziehen. Auf dem Rückweg nach Hohenschwangau begegnete der Deputation die rasch zusammengeblasene Feuerwehr von benachbarten Orten, welche gen Schloß Neu-Schwanstein zog, um die Person des Königs, die man allseitig für gefährdet hielt, zu beschützen. Ja, man ist in der Zuhilfenahme von außerordentlichen Schutzmaßregeln sogar soweit gegangen, im Namen Seiner Majestät das Jäger-Bataillon in Kempten zu allarmieren, dessen Kommandeur sich jedoch vom Armeekorpskommando in München Weisung erbat, der zufolge die Allarmierung unterblieb. Die nach Hohenschwangau zurückgekehrte Deputation, wohl einsehend, daß eine weitere Vermittlung kaum möglich, entledigte sich nun ihrer Staatskleider und war gerade dabei, darüber zu beratschlagen, was unter solchen Umständen zu thun sei, als gegen 5 Uhr ein Gendarm mit der Meldung eintrat, er habe Befehl, die Mitglieder der Deputation, bestehend aus dem königlichen Staatsminister Freiherrn von Crailsheim und der beiden Grafen von Holnstein und von Törring, sofort zu verhaften und sie nach Neu-Schwanstein einzuliefern! Das Erstaunen der von dieser bestimmt ausgedrückten Meldung Betroffenen wurde noch erhöht, als von dem Gendarmen hinzugefügt wurde: „man möge keine Umstände machen, da jede Weigerung nichts helfe, das Schloß Hohenschwangau sei von Gendarmerie und Feuerwehr umzingelt, die nötigenfalls Gewalt anwenden würde". Die Deputation hielt nun einen

Kriegsrat und mit Majorität wurde beschlossen, der Auffor≈
derung ohne jeden Widerstand zu folgen, obwohl auch eine
Stimme sehr energisch für's „Daraufankommenlassen" plai≈
dierte. In den frühen, feuchtkalten, nun schon etwas helleren
Morgen hinein bewegte sich bald darauf folgender seltsam
zusammengesetzte Zug nach Neu-Schwanstein: Erst ein Trupp
Feuerwehrleute, dann die drei genannten Herren, rechts und
links begleitet von 8 Gendarmen mit aufgepflanztem und
wohl auch geladenem Gewehr; den Schluß machte wiederum
ein Trupp Feuerwehrleute. So zog man in das sogenannte
Thorgebäude von Schloß Neu-Schwanstein ein, allwo — ent≈
gegen einer höheren auf Einzelhaft lautenden Ordre — die
drei Herren in ein nichts weniger als geräumiges Lokal ein≈
gesperrt wurden. Was noch sonst über Drohungen erzählt
wird, beruht wohl auf Übertreibung. Die Herren ließen sich
also ohne Widerstand einsperren. Draußen im großen Thor≈
gang hörte man nur die Schritte der auf- und abgehenden
Wachmannschaft. Hie und da drangen auch Laute eines
Zechgelages hinein, die von den kneipenden Feuerwehrleuten
kamen. Auf einmal kam ein Wagen durch das Thor ge≈
rollt; es war der kgl. Bezirksamtmann von Füssen, der ge≈
rufen war, um sein Gutachten abzugeben. Allein der Ge≈
nannte war leider und unbegreiflicher Weise ohne jede In≈
struktion aus München, und so kam es denn, daß auch dieser
so gewissenhafte Beamte den Befehlen seines Königs blind≈
lings nachkam. Nach zirka 1½ Stunde that sich plötzlich
die Thüre auf und zu den drei Inhaftierten gesellten sich
noch die weiteren drei Mitglieder der Deputation, Oberst≈
lieutenant a. D. Freiherr von Washington, Obermedizinal≈
rat Dr. v. Gudden und Assistenzarzt Dr. Müller. Auch sie
waren auf die gleiche Weise verhaftet und zum Schlosse Neu≈
Schwanstein eskortiert worden; doch diesmal unter Ansamm≈
lung von Menschen, die sich von rechts und links der Straße
eingefunden hatten.

Es sollten nun für die Gefangenen, von denen die
Letztangekommenen später in ein benachbartes Wachlokal
ausquartiert wurden, immer noch ein paar bange Stunden
vergehen, ehe ihnen die Freiheit winkte. Unterdessen ward
eine eifrige telegraphische Korrespondenz mit München von

Seite des Bezirksamtmannes gepflogen, in deren Folge auch
die Proklamation der Reichs-Verwesung durch den Prinzen
Luitpold allgemein bekannt wurde. Noch war es aber immer
gewagt, die Gefangenen ihrer Haft zu entlassen, da man auf
Schloß Neu-Schwanstein die Ankunft des Flügeladjutanten,
Hauptmann Graf v. Dürkheim, welcher telegraphisch von
München berufen war, noch abwarten wollte. Der Bezirksamtmann wartete diese indessen schließlich nicht mehr ab,
sondern veranlaßte schon nach 1 Uhr mittags die Entlassung
der Gefangenen. Vorsicht mußte aber für die Freigelassenen
genügend angewendet werden, da einzelne Feuerwehrleute
immer noch eine drohende Miene annahmen, und unter der
dortigen Bevölkerung wollte man all' das von München
Gemeldete noch nicht glauben. Trotzdem kamen die Entlassenen
wohlbehalten nach Schloß Hohenschwangau. Inzwischen
hatte man aber in der Umgegend allgemeine Kunde von
dem Vorgefallenen erhalten und die Bevölkerung zog haufen-
weise zum Schloß. Nun war es geboten, die Mitglieder der
Deputation zum Hinterpförtchen hinauszulassen, da weiterer
Aufenthalt gefährlich gewesen wäre. Alle fünf erstgenannten
Herren gingen unter Zurücklassung ihres Gepäcks einzeln auf
der Straße nach Peiting zu, wo ihrer eine vierspännige
Juckerequipage wartete. Seine Majestät der König haben
den Weg von Hohenschwangau nach Penzberg wohl oft und
zwar in dem raschesten Tempo gemacht, allein so schnell wie
diese fünf Herren ist noch Niemand befördert worden. Der
ca. 53 Kilometer lange Weg wurde in drei Stunden zurück-
gelegt. Obwohl man seit Tags zuvor nichts zu essen erhalten hatte, gönnte man sich auch unterwegs keinen Aufenthalt,
bis man in Penzberg den Boden unter seinen Füßen wieder
sicher fühlte. Erwähnt muß noch werden, daß, als die Entlassenen auf dem Wege von Neu-Schwanstein nach Hohenschwangau, und zwar näher an diesem als an ersterem waren,
im Galopp der über Peiting hergekommene Graf v. Dürkheim
zum Schlosse von Neu-Schwanstein fuhr, ohne aber die ent-
gegenkommenden Herren auch nur eines Grußes zu würdigen.

Die Nationalzeitung brachte aus München, den 12. Juni,
folgendes Telegramm:

„Der König soll heute nach Schloß Berg geleitet werden,

weshalb Obermedizinalrat Dr. Gudden in Hohenschwangau wieder eingetroffen ist. Assistenzarzt Dr. Müller wurde zum ständigen Hilfsarzt des Königs ernannt. Das Hoflager ist gestern aufgelöst worden. Die Königin-Mutter Marie, welche mit dem König seit 12 Monaten nicht mehr zusammengetroffen ist, beabsichtigte, heute Morgen in Hohenschwangau einzutreffen, um den König zu sehen. Die hohe Frau soll vollständig gebrochen und entschlossen sein, sich in die Stille eines Klosters zurückzuziehen. Die Aufregung der Bevölkerung in Füßen und Hohenschwangau hat sich vollständig gelegt; man hat sich überall von der absoluten Notwendigkeit der Regentschaft und undurchdringlichen Ruhe für den Geist und Körper des Königs überzeugt."

Folgende Details brachte die „Allgemeine Zeitung":

„Über die Reise Sr. Majestät des Königs von Hohenschwangau nach Berg, welche, wie mitgeteilt, heute Vormittag stattgefunden hat, sind wir in der Lage, folgende authentische Nachrichten zu geben. Die Reise ist ohne jeden Zwischenfall verlaufen. Obermedizinalrat Dr. v. Gudden, welcher ursprünglich die Absicht hatte, Se. Majestät erst heute gegen Morgen von dem Zweck seiner Anwesenheit zu verständigen, mußte alsbald nach seiner Ankunft um 1 Uhr nachts diese Absicht ändern, weil Se. Majestät den gestrigen Tag über und während der Nacht zu der Besorgnis Anlaß gegeben hatte, daß sich Allerhöchstderselbe ein Leid anthun könnte, zumal der König verlangt hatte, den Schloßturm zu besteigen, von dem aus natürlich ein Absturz leicht möglich gewesen wäre. Dr. v. Gudden hielt deshalb ein rasches Einschreiten für geboten und stellte sich Sr. Majestät sofort vor, als Allerhöchstdemselben mitgeteilt worden war, daß der Weg zum Turm nunmehr offen stehe. Se. Majestät der König erklärte sich, nachdem Dr. v. Gudden die Notwendigkeit einer ärztlichen Behandlung Sr. Majestät dargelegt hatte, sofort und ohne allen Widerspruch bereit, zu reisen, sprach während der nachfolgenden drei Stunden viel mit Dr. v. Gudden und den Wärtern und bestieg schließlich ohne Widerstand den Wagen. Eine „rührende Ansprache", von der ein hiesiges Blatt zu melden weiß, hat nicht stattgefunden, wie denn auch thatsächlich Niemand vorhanden war, an den eine solche hätte gerichtet werden können. Wie schon bemerkt, verlief die Reise, während welcher Se. Majestät viel mit Dr. v. Gudden verkehrte, ohne jeden Zwischenfall. An den Orten, in welchen die Pferde gewechselt werden mußten, waren äußerst wenige Personen zu sehen. Um 12¼ Uhr kam Se. Majestät der König in Berg an und verfügte sich alsbald in Seine Gemächer, wo Derselben auch sofort der in Berg anwesende Professor Dr. Grashey vorgestellt wurde. Beide Ärzte haben erklärt, daß sie auch nach dem persönlichen Verkehr mit Sr. Majestät an dem schriftlich abgegebenen Gutachten über den Gesundheitszustand des Königs entschieden festhalten müßten. Die eingeleitete ärztliche Behandlung wird selbstverständlich mit der äußersten Schonung ausgeführt."

Wenige Stunden nur hat der König Ludwig seine unfreiwillige Verbannung ertragen, am Abend des ersten Pfingstfeiertages spielten sich am und im See des Schloßparkes jene gräßlichen Szenen ab, welche mit dem Tode des Königs und des ihn beaufsichtigenden Arztes endeten.

Die Münchener „Allgemeine Zeitung" brachte über die Katastrophe in der Nacht vom 13. auf den 14. Juni folgendes:

„Am Sonnabend, den 12. Juni, Abend, als am Tage der Ankunft Sr. Majestät des Königs in Schloß Berg, ging der König mit Obermedizinalrat Dr. v. Gudden im Parke spazieren, ein Pfleger folgte in bescheidener Entfernung hinterdrein. Auf dem Wege unterhielt sich Se. Majestät eindringlichst mit Dr. v. Gudden, und der Spaziergang verlief so ohne jeden Zwischenfall, daß am darauffolgenden Tage gegen Mittag ein zweiter unternommen wurde, wobei jede Begleitung von Dr. v. Gudden ausdrücklich verbeten war. Auch diesmal trat keine Störung ein, so daß Dr. v. Gudden sich nachher in höchst zufriedener Weise darüber äußerte, daß der König sich an die neue Umgebung gewöhnt habe, und die Isolierung in Schloß Berg ohne weitere Störung durchgeführt werden könne. Seine Majestät, welche in Schloß Berg um 4 Uhr nachmittags dinierte, nahm sein Diner allein in seinem Zimmer ein, dessen Thüren vorsorglich mit Gucklöchern versehen waren, damit die Beobachtung des Königs stets unausgesetzt möglich war. Dr. v. Gudden speiste mit

seinen Kollegen nicht im Schlosse selbst, sondern im sogenannten Kavalierbau. Damit berichtigt sich eine irrtümliche Meldung,
als habe Dr. v. Gudden mit Sr. Majestät gespeist. Am
Abend um 7 Uhr wurde Dr. v. Gudden abermals befohlen,
sich mit Sr. Majestät im Garten zu ergehen. Der von Dr.
Müller in vorsorglicher Weise entgegen der Anordnung Dr.
v. Gudden's nachgesendete Pfleger wurde nach sehr kurzer
Zeit von Dr. v. Gudden wieder zurückgeschickt. Als um die
für das Souper festgesetzte Stunde — 8 Uhr — Se. Majestät und Dr. v. Gudden nicht zurückgekehrt waren, sandte Dr.
Müller in Besorgnis kurz nacheinander zu den bereits im
Parke ständig patrouillierenden zwei Gendarmen noch zwei
Gendarmen und einen Pfleger. Von halb 9 bis 9 wurde
eine genaue Durchsuchung des Parkes mit Hilfe des gesamten
Haus- und Pflegepersonals und der noch übrigen Gendarmen
angeordnet, jedoch alle kehrten ohne Resultat zurück, wie
auch die Nachforschungen Dr. Müller's und des Schloßverwalters erfolglos blieben. Von 10 Uhr ab wurden die ersten
Telegramme nach München abgegeben. Da, um 10¼ Uhr
brachte ein Stallbediensteter den vollständig durchnäßten Hut
Sr. Majestät und kurz darauf den in gleichem Zustande befindlichen Hut Dr. v. Gudden's. Darauf bestiegen Dr. Müller
und Schloßverwalter Huber ein Boot und fuhren gegen Leoni
zu, am Ufer entlang. Kurz nach 11 Uhr entdeckten sie zwei
auf dem Wasser mit dem Antlitz nach unten schwimmende
Körper — voran der Körper des Königs und etwa einen
halben Meter hinterher jener Dr. v. Gudden's. Schloßverwalter Huber sprang in das etwa 3 Fuß tiefe Wasser, und mit
Dr. Müller Hilfe wurden die Körper ans Ufer gebracht, wo sie in
das Boot gelegt wurden. Dr. Müller konstatierte nach kurzer Zeit,
daß bei beiden Körpern die Atmung sistiere und kein Puls mehr
wahrzunehmen war. Nun wurden mit Hilfe von vier Pflegern
und drei Gendarmen (früheren Sanitätssoldaten) drei Viertelstunden lang Wiederbelebungsversuche gemacht, die jedoch
resultatlos blieben. Die bei solchen Wiederbelebungsversuchen
(für jeden Sachverständigen selbstverständlichen) auftretenden,
mechanisch hervorgerufenen Veränderungen in der Körperlage
wurden von einzelnen umstehenden Laien als Lebenszeichen
aufgefaßt und gaben so Veranlassung zu einem irrtümlichen

Bericht. Punkt 12 Uhr erklärte Dr. Müller weitere Versuche für nutzlos. Dieselben waren überhaupt lediglich deshalb vorgenommen worden, um auch nicht die geringste Vorsichts- oder Hilfsmaßregel außer Acht zu lassen. Nach den äußeren Anzeichen war der Tod schon Stunden vorher eingetreten. Die Leichen Sr. Majestät des Königs und Dr. v. Gudden's wurden auf das Schloß gebracht und aufgebahrt. Das Antlitz des toten Königs zeigte einen ernsten, strengen Zug, v. Gudden's Gesicht ließ auch im Tode noch in seinen Zügen das gewinnende, freundliche Lächeln erkennen, das ihm im Leben sowohl die Herzen seiner Kranken, als überhaupt eines Jeden gewann, der mit ihm verkehrte. Dr. v. Gudden's Leiche wird in der Nacht vom 14. zum 15. d. nach München ver- bracht werden und soll in der königl. Kreisirrenanstalt Giesing aufgebahrt werden. — Über den mutmaßlichen Verlauf der Katastrophe selbst, wie er sich nach dem Augenschein an Ort und Stelle und nach den sonstigen authentischen Daten mit Wahrscheinlichkeit ergibt — eine völlig sichere Auskunft ist nicht zu ermöglichen — werden wir nachtragen. Bemerken wollen wir für heute nur die merkwürdige Thatsache, daß die zwei ständig auf dem Wege, den der König und Gudden genommen hatten, patrouillierenden Gendarmen von dem ganzen, sich in kurzer Entfernung von ihnen abspielenden, grausen Drama nicht einen Laut, noch irgend ein Geräusch vernommen hatten."

Wie sich die Katastrophe abgespielt, dürfte wohl immer verborgen bleiben. Daß beim Spaziergange im Parke Gudden die Wärter fortgeschickt haben soll, ist bei der Erfahrung dieses Arztes sehr unwahrscheinlich. Die „Vossische Zeitung" schreibt unter'm 15. Juni:

„Darüber kann kein Zweifel herrschen, daß der König Gudden so lange unter Wasser gehalten hat, bis er tot war. Die Wunden Gudden's, sowie Spuren in dem sehr seichten Seewasser deuten darauf, daß ein geradezu verzweifelter Kampf zwischen beiden stattgefunden. Der König trug sich schon vor der Regentschaft, wie man in parlamentarischen Kreisen ver- mutet, mit Selbstmordgedanken. Anscheinend wurde überhaupt Schloß Berg jetzt zum Aufenthalt von ihm gewählt, um den Selbstmord auszuführen. An dem Herunterstürzen vom Hohenschwangauer Turm hatte Dr. Gudden ihn bereits vorher verhindert. — Man nimmt an, daß die Wärter einen Wink Gudden's, wegen der Erregung des Königs unsichtbar zu bleiben, mißverstanden und sich entfernten. Gudden wurde mehrmals vor der Riesenkraft des Königs gewarnt. In der Frühe hatte der König mit Doktor Müller ruhig am Seeufer promeniert. Als ihm dann die Wärter als den persönlichen Dienst zu leistende Beamte vorgestellt wurden, bemerkte er kurz: „Gut, gut! auch recht!" — Die Art der Katastrophe in Berg ist bis zur Stunde mit Sicherheit nicht zu ermitteln. Wahrscheinlich ging der König zuerst ins Wasser, entledigte sich des ihm nacheilenden Arztes und schritt dann, wie die Fußspuren zeigen, weiter in den See. Die Leiche wurde um 11 Uhr nachts gefunden; der Tod war schon Stunden vorher eingetreten. Die Züge des Toten sind ruhig und ernst.

— Der König hatte vorgestern, um schleunige Nachforschungen zu hindern, das Diner erst für abends 8 Uhr bestellt. Er ist, wie man festgestellt zu haben glaubt, in weitem Sprunge ins Wasser gegangen. — Der Flügeladjutant Graf Dürckheim, der den unglücklichen Gedanken hatte, dem notwendig gewordenen Regierungswechsel Hindernisse zu bereiten, befindet sich in Haft. Der Wunsch der „Neuesten Nachrichten", es möge in der Untersuchung gegen denselben gerechte Rücksicht auf die Gefühle der Treue und Ergebenheit genommen werden, welche die unmittelbare Umgebung des Königs beseelten, wird in München allgemein geteilt."

Dieser Graf Dürckheim, welcher den Maßregeln der Regentschaft den größten Widerstand entgegen gesetzt hatte, war der Günstling des Königs. Über seine Haltung in der ganzen Angelegenheit sind viel sich widersprechende Meldungen veröffentlicht. Einen etwas sensationellen Beigeschmack hat die Meldung der Wiener „Neuen Freien Presse", welcher bezüglich dieses Punktes aus München telegraphiert wird:

„Es wurde bekannt, daß thatsächlich eine kombinierte Verschwörung bestand. Einerseits war Graf Dürckheim, der von der Absicht, den König von Hohenschwangau wegzubringen, erfahren hatte, rasch dorthin geeilt und hatte die Lakaien und unteren Hofbeamten harangiert, welche wieder die Bevölkerung der Nachbarorte aufwiegelten, um sich der

Wegbringung des Königs zu widersetzen, indem sie den Leuten vorstellten, welchen Verlust alle diese Orte erleiden würden, wenn der König wegkäme. Die Agitation des Grafen Dürckheim schreibt man einem Ausfluß persönlicher Rache gegen einige Mitglieder der königlichen Familie zu, weil Graf Dürckheim wegen der Beschuldigung, seine Frau, eine geborene Russin, sei durch einen der Prinzen in ihrer Frauenehre verletzt worden, zur Verantwortung gezogen und erst später durch den König wieder rehabilitiert worden war."

Kurz vor der Katastrophe am Starnberger See hatte der verunglückte Professor Gudden noch folgendes Telegramm an den Ministerpräsidenten v. Lutz, d. d. Berg, 13. Juni, abends 6 Uhr 15 Minuten, geschickt:

„Die Doktoren Hagen und Hubrich sind auf Dienstag, vormittags 9 Uhr, bestellt. Das Parere über Prinz Otto wird voraussichtlich Dienstag abends übergeben werden können. Hier geht es bis jetzt wunderbar gut. Die persönliche Untersuchung hat übrigens das schriftliche Gutachten nur bestätigt."

Eine Stunde später war er und sein königlicher Patient aus der Reihe der Lebenden geschieden.

Als ob es noch nicht genug wäre mit der traurigen Königsgeschichte, muß an ihren Schluß eine ähnliche anknüpfen; Prinz Luitpold, der nicht mehr Regent in Vertretung Ludwigs II. sein kann, wird nun Regent in Vertretung Otto's I. sein. Auf den kurz vor seinem Tode für wahnsinnig und vertretungsbedürftig erklärten König folgt ein Prinz, der schon vor Jahren für wahnsinnig erklärt worden ist.

Das Thronfolge- und Regentschaftspatent lautet:

Im Namen Sr. Majestät des Königs! Bayerns königliches Haus und sein in Glück und Unglück treu zu ihm stehendes Volk ist vom schwersten Schicksalsschlage getroffen. Nach Gottes unermeßlichem Ratschlusse ist Se. Majestät König Ludwig II. aus dieser Zeitlichkeit geschieden. Durch diesen, das ganze Vaterland in schmerzliche Betrübnis versetzenden, Todesfall ist das Königreich Bayern in der Gesamtvereinigung aller seiner älteren und neuen Gebietsteile nach den Bestimmungen der Verfassungsurkunde, auf Grund der Haus- und Staatsverträge, Unserm vielgeliebten Neffen, dem Bruder weiland Sr. Majestät, Sr. königlichen Hoheit dem Prinzen Otto, jetzt Majestät, als nächstem Stammfolger nach dem Rechte der Erstgeburt und der agnatisch-linealen Erbfolge angefallen. Da Allerhöchstderselbe durch ein schon länger andauerndes Leiden verhindert ist, die Regierung Allerhöchstselbst zu führen, so haben Wir als nächstberufener Agnat, nach den Bestimmungen der Verfassungsurkunde, in Allerhöchstdesselben Namen die Reichsverwesung zu übernehmen. Die nach der Verfassung erforderliche Einberufung des Landtages ist bereits verfügt. Indem Wir im Namen Sr. Majestät des Königs die Reichsverwesung hiermit übernehmen, versehen Wir uns zu allen Angehörigen der bayerischen Erblande, daß dieselben Se. Majestät den König als ihren rechtmäßigen und einzigen Landesherrn so willig als pflichtmäßig erkennen und Allerhöchstdemselben und Uns, als dem durch die Verfassung berufenen Regenten, unverbrüchliche Treue und unweigerlichen Gehorsam leisten. Damit der Gang der Staatsgeschäfte nicht unterbrochen werden, befehlen Wir, daß sämtliche Stellen und Behörden ihre Verrichtungen bis auf nähere Bestimmung wie bisher nach ihren Amtspflichten fortsetzen, die amtlichen Ausfertigungen von nun an im Namen Sr. Majestät des Königs Otto von Bayern, wie solches vorgeschrieben ist, erlassen, bei der Siegelung aber sich der bisherigen Siegel so lange, bis ihnen die neu zu fertigenden werden zugestellt werden, bedienen sollen. Wir wollen alle Bediensteten an den von ihnen geleisteten Verfassungs- und Diensteseid besonders erinnert haben und versehen Uns gnädigst, daß alle Unterthanen Sr. Majestät dieser Unsrer in tiefem Schmerz im Namen des Königs an sie gerichteten Aufforderung in Treue folgen.

Gegeben München, den 14. Juni 1886.

Luitpold, Prinz von Bayern.

Dr. Frhr. von Lutz, Dr. von Fäustle, Dr. von Riedel, Frhr. von Crailsheim, Frhr. v. Feilitzsch, von Heinleth.

Am 14. Juni abends wurde die Leiche des Königs vom Schlosse Berg nach München überführt. Um 1/29 Uhr abends wurde der einfache provisorische Sarg mit der Leiche des Monarchen auf den im Schloßhofe bereitstehenden Trauerwagen gehoben. Mit Rosen, Maiglöckchen und Jasmin war der Wagen reich und sinnig geschmückt, obenauf lag eine Blumenkrone. Sechs schwarzbehängte Pferde zogen den Wagen. Durch die schluchzende und laut jammernde Menge hindurch bewegte sich der einfache Zug: voran ein zweispänniger Hofwagen mit der Geistlichkeit, dann zwei Vorreiter, dann der sechsspännige Trauerwagen, jedes Pferd von einem Lakaien geführt; den Beschluß machten zwei weitere Hofwagen mit dem Grafen von Toerring, dem einen Kurator des Königs, und dem Baron Washington. Anfangs folgte zahlreiches Volk dem Zuge, dann wurden der Begleitenden aber immer weniger, und nur eine kleine Zahl harrte den ganzen fünfstündigen Weg aus. Schweigend bewegte sich der Zug durch den Fürstenrieder Park, vorüber am Aufenthalt des unglücklichen Bruders des toten Königs, durch Fürstenried nach München zu. In Sendlin erwartete eine Eskadron Chevauxlegers den Zug und bildete von da ab das Ehrengeleite. Gegen ½2 Uhr nachts war die Stadt erreicht, und jetzt wuchs das Trauergefolge von Minute zu Minute, um schließlich in der Briennerstraße und auf dem Platze vor der Residenz zu einer Sturmflut von Menschen anzuschwellen. Tausende und wieder Tausende hatten seit 11 Uhr abends ihre Plätze behauptet und in würdiger Stimmung des Leichenzuges geharrt. Als er in Sicht kam, entblößten sich alle Häupter und lautes Schluchzen erfüllte die Luft. Helles Mondlicht lag auf Straßen und Plätzen, als der Tote den stillen Einzug hielt in seine Residenz. In den Kapellenhof des alten Schlosses fuhr der Leichenwagen, unaufhaltsam drängte die Menge hinter ihm nach, und das Militär hatte Mühe, die um ihren König Trauernden zurückzuhalten.

Wir haben die Geschichte Bayerns unter der Regierung Ludwigs II. mit dem Beginnen der achtziger Jahre abgebrochen, da wir hier nur seine eigene Regierung schildern wollten. Während der letzten Jahre hatte er aber gar keine eigene Thätigkeit entwickelt, ein Nachruf, welchen ihm die „Allgemeine Zeitung" widmete, schildert sein Verhältnis zum öffentlichen Leben am besten:

„Einen längeren innigeren Verkehr, der für den König, wie für die Kunstentwickelung der letzten Jahrzehnte in hohem Grade bedeutsam werden sollte, hat der Monarch mit Richard Wagner unterhalten. Es ist hier nicht der Ort, das „Kunstwerk der Zukunft" zu erörtern, aber daß die ideale Hingebung und die königliche Munifizenz, deren Füllhorn der fürstliche Protektor verschwenderisch über den damals noch auf eine kleine Gemeinde angewiesenen Meister ausschüttete, für den Monarchen in persönlicher Hinsicht, wie in seinem Verhältnisse zur Hauptstadt und zum Volke von vorteilhafter Wirkung gewesen wären, würde man höchstens in dem Sinne behaupten können, wenn man nun überwiegende neuere Urteile geschichtlich an die Stelle der zur bezeichneten Zeit vorherrschenden Kundgebungen setzen dürfte. Im Gegenteil hat der Wagner=Kultus des Königs nicht zum Wenigsten dazu bei=

getragen, den fürstlichen Mäcen dem Münchener Publikum und dem öffentlichen Verkehr überhaupt zu entfremden und eine Scheidewand aufzurichten, deren Festigkeit sich leider von ungeahnter Dauer erwies. Inwieweit durch das rückgängig gewordene Verlöbnis des Königs ähnliche Folgen herbeigeführt wurden, entzieht sich bei der Mannigfaltigkeit unbeglaubigter Versionen über jenes vielbesprochene Ereignis der kritischen Beurteilung. Thatsächlich ist der König seitdem mit immer schrofferer Abneigung der Begegnung mit Frauen ausgewichen, mit einziger Ausnahme seiner königlichen Mutter, der Prinzessin Gisela und der Kaiserin von Österreich, denen gegenüber in allmälich immer weiter abgemessenen Zwischenräumen die Gesetze der Kourtoisie beobachtet wurden. Selbst mit den Würdenträgern des Hofes verminderte der König den persönlichen Verkehr allmälig auf den Minimalpunkt, mit den Ministern und sonstigen höchsten Staatsbeamten auf den Nullpunkt. Die von Maximilian II. zur Beschränkung des letzteren Verkehres bereits auf's Äußerste ausgenutzte Einrichtung des Kabinettssekretariats diente Ludwig II. dazu, jeden mündlichen Vortrag seiner verfassungsmäßigen Ratgeber fernzuhalten, und selbst der Sekretär wurde zuletzt auf eine Vortragsweise angewiesen, welche die direkte Ansprache ausschloß. Zuletzt genossen nur noch untergeordnete Bedienstete des Hoflagers in seinen Bergschlössern die Ehre, vom König angeredet zu werden, und hier und da ein Bergbewohner, den der Zufall dem König auf seinen Ausflügen an den Weg stellte. Die Menschenscheu hatte sich beim Könige allmählich zum Menschenhaß gesteigert, und — mit Ausnahme jener niederen Bediensteten — eine von Verkennung und Mißachtung genährte Verfolgungssucht gegen alle ihm bekannten und erreichbaren Persönlichkeiten, die ihm nicht unbedingt zu Willen waren, mehrte täglich die Beweise, daß die Umnachtung des einst nur von den edelsten Idealen durchglühten Geistes immer entsetzlichere Fortschritte machte. Aus Beweggründen, die jeder unserer Leser verstehen wird, verzichten wir an der offenen Bahre des erlauchten Toten die mündlichen, schriftlichen und thätlichen Ausbrüche der „Paranoia" näher zu kennzeichnen, welche von den berufenen Irrenärzten nach genauer Prüfung des gestörten Gesundheitszustandes des

Königs unter ausführlicher Darlegung des amtlich beglaubigten Befundes der letzten Jahre konstatiert worden ist. Der in diesem Zustande erfolgte Ausgang des Königs aus dem irdischen Dasein hat den im Leben Höchstgestellten ohnehin der sonst dem Ärmsten nicht vorenthaltenen Wohlthat beraubt, dem Toten nur Gutes nachzureden, und die staatliche Notwendigkeit zwingt dazu, schon in den nächsten Tagen in die tiefen Schatten, welche die letzten Zeiten des beweinenswerten Monarchen verdüstern, die Volksvertreter Einblick nehmen zu lassen und das traurige Aktenmaterial wenigstens teilweise vor der Welt zu enthüllen. Einer der edelsten Geister, dessen Namen Millionen mit Stolz und Verehrung nannten, der, gleich einem Titus, eine Liebe und Wonne der Besten war, erscheint vor dem unerbittlichen Richterspruche der Thatsachen in einem Lichte, das an einen ganz anderen Namen der römischen Kaiserzeit erinnert."

Dasselbe Journal schreibt unterm 16. Juni: „Die Sektion der Leiche des Königs hat die von den Ärzten gestellte Diagnose in vollem Maße bestätigt, insofern dieselbe nachwies, daß sowohl abnorme Entwickelungsvorgänge als auch Produkte chronischer Entzündungen älteren und neueren Datums am Schädel und Gehirn in mannigfaltiger Form vorhanden waren. — Die wesentlichsten Ereignisse der Leichenöffnung sind in Nachfolgendem zusammengestellt: Der Körper besitzt eine Länge von 191 Zentimeter; Brustumfang 103 Zentimeter; starkes Fettpolster, Muskulatur und Knochenbau äußerst kräftig entwickelt; Leiche im Gesicht und Hals etwas gedunsen; Haut am Kopf, besonders an den Ohren, bläulich gefärbt; am hinteren Rumpf und an den Extremitäten diffuse Totenflecke. Verletzungen, abgesehen von einigen kleinen Hautabschürfungen an den Knieen, nirgends wahrnehmbar; die Zunge leicht zwischen den Zähnen eingeklemmt, letztere vielfach defekt. Kopfhaut sehr dick und enorm blutreich, Schädelverhältnis zur Körpergröße klein, etwas asymmetrisch (Diagonal-Durchmesser von der Stirn links zum Hinterhaupt rechts 17.2 Zentimeter, dagegen von der Stirn rechts zum Hinterhaupt links 17.9 Zentimeter); Schädeldach außerordentlich dünn (größte Dicke 3 Millimeter); Kranz- und Pfeilnaht an der inneren Seite des Schädeldaches vollständig verknöchert.

Eine Reihe größerer und kleinerer Knochenwucherungen beiderseits an der Innenfläche des Stirnbeins. Der obere Längsblutleiter erweitert sich nach hinten zu stark, verengt sich dagegen nach vorn gegen das Siebbein in auffallender Weise. Bacchidnische Granulationen ragen gruppenweise im Lumen desselben Blutleiters vor. — Die harte Hirnhaut zeigt sich im Allgemeinen beträchtlich verdickt; besonders über dem Stirnbein ist dieselbe blutreich, auf der Außenseite weich und zottig. Am Klions ein 2 Millimeter hoch vorspringender Knochenauswuchs. Das linke Felsenbein zeigt eine Hervorragung von 1 Zentimeter basalem Durchmesser, welcher der Vertiefung an den Schläfenlappen des großen Gehirns entspricht. — Die Sattellehne asymmetrisch verdickt, in erheblicher Ausdehnung porös und brüchig, ebenso der Boden der vorderen Schädelgruben. Alle Blutleiter der Schädelbasis sind mit dunklem flüssigem Blute überfüllt. Das Gehirngewicht (ohne die harte Hirnhaut = 1349 Gr. Die Spinnenwebenhaut in großer Ausdehnung auf beiden Hemisphären verdickt und milchweiß getrübt. — An einer Stelle, und zwar über dem medialen Ende der linken vorderen Zentralwindung und dem Anfangsteile der ersten Stirnwindung erscheinen die Spinnwebenhaut und die Gefäßhaut im Umfange eines Markstückes verwachsen und zu einer derben Schwiele verdickt. Durch den Druck dieser Schwiele ist in der entsprechenden Partie des Schädeldaches eine papierartige Verdünnung desselben hervorgebracht. Auf der Oberfläche des Gehirns sind, beiderseits ziemlich gleichmäßig verteilt, geschrumpfte Hirnwindungspartieen, nämlich an den Anfangsteilen aller drei Hirnwindungen, am medialen Ende der vorderen Zentralwindung und in der Umgebung des mittleren Abschnittes der postzentralen Furche. Die Gehirnsubstanz blutreich, ziemlich weich. — In den übrigen Organen des Körpers fand sich folgendes: Die Lungen sind, abgesehen von den Wirkungen der Wasseraspiration, von vollkommen normaler Beschaffenheit; keine Spur von Brustfellverwachsung; das Herz etwas größer als normal, aber von kräftiger Muskulatur und mäßiger Fettauflagerung. — Der Magen, welcher noch unverdaute Speisereste enthält, befindet sich im Zustande chronischen Katarrhs. — Darmwand und Leber kongestioniert; die Milz vergrößert (in beginnender Fäulnis); die Nieren groß, enorm zyanotisch, sonst normal. Die Sektion nahm ihren Anfang morgens 8 Uhr und endete nach 1 Uhr mittags. Dieselbe wurde von Professor Rüdinger unter Assistenz des Privatdozenten Rückert ausgeführt. Das Protokoll wurde von dem Geh. Rat Ziemßen in Gemeinschaft mit Professor Rüdinger und den drei Psychiatern Hofrat Hagen, Prof. Graßhey und Direktor Hubrich festgestellt. Anwesend waren außerdem Ober-Medizinalrat v. Kerschensteiner, Professor Kupffer, Leibwundarzt Sr. Majestät Dr. Schleiß von Löwenfeld und die Hofstabsärzte Brattler, Halm und Becker. — Die Einbalsamierung der Leiche, welche sich unmittelbar an die Sektion anschloß, wurde von Prof. Rüdinger unter Assistenz des Privatdozenten Rückert ausgeführt, gelang außergewöhnlich gut und nahm gegen 8 Uhr abends ihr Ende, worauf die Aufbahrung der Leiche sofort stattgehabt."

Als die dumpfen Glockenschläge am Mittwoch, 16. Juni, zur ersten Messe luden, begannen die Münchener die Pilgerfahrt zur Leiche des Königs Ludwig. Schon um $^1/_25$ Uhr morgens hatte sich eine Menge Menschen vor dem Thore der Residenz eingefunden, die des Einlasses in die Kapelle harrte. Besuchern Münchens wird dieses Thor erinnerlich sein, denn vor demselben stehen auf Sockeln die kleinen aufrechtstehenden Löwen mit dem bayrischen Wappenschilde in den Pranken. In der Thorauffahrt ist rechts ein Treppenaufgang zu des Königs Gemächern, und hart an dieser Treppe führt eine schmale Thür, die kaum drei Menschen gleichzeitig passieren können, in die Hofkapelle, die noch kleiner ist, als die Hofkapelle in der Wiener Burg. Hier liegt nun König Ludwig aufgebahrt, ohne fürstlichen Prunk, in schmuckloser Einfachheit. Über dem Katafalk, an der Decke der Kapelle befestigt, schwebt die Königskrone, von welcher vier schwarze, mit matten Goldfransen eingesäumte Tücher baldachinartig auslaufen. Die Wände der Kapelle sind in mehr als Manneshöhe mit schwarzem Tuch verkleidet. Rechts und links vom Katafalk sind die Wappenschilde des Königs angebracht. Rund um den Katafalk sind Betstühle aufgestellt, zu Häupten des Königs ein höchst einfaches metallenes Kreuz, das den Sarg hoch überragt und von einer schönen Fächer-

palme beschattet wird, zu Füßen auf einem Postamente ein
silberner Weihbrunnkessel. An hundert silberne Leuchter um-
stehen den mit schwarzem Sammt bekleideten Sarg. Sarg,
Leuchter und Kerzen sind von Gewinden weißer Rosen um-
schlungen. Der Sarg ist auf dem Katafalk so schräg gelagert,
daß man die ganze Gestalt des Toten sehen kann. Im
Sarge ausgestreckt, sieht der König imposant aus; sein Körper
mißt 1,90 Meter in der Länge. Das Gesicht ist wachsgelb,
begrenzt von dem bekannten seltsam geschnittenen Kinnbarte.
Die schwärmerischen Augen sind für immer geschlossen und
nur der Ausdruck tiefster schmerzlicher Ruhe lagert auf dem
bleichen Antlitz des Toten. Die feingeschnittene Nase und
die üppigen, aber schneeweißen Lippen treten aus dem sonst
schon eingefallenen Gesichte hervor. Man hat die Leiche des
Königs in die Tracht der Hubertus-Ritter gekleidet — ein
anliegendes schwarzes Sammtgewand mit Jabot und ge-
bauschten Spitzen-Manschetten. Die rechte Hand ruht auf
der Brust in der Gegend des Herzens und hält einen Strauß
von Jasminblüten — die Spende der Kaiserin Elisabeth von
Österreich, die linke Hand liegt zur Seite. Die Hände mit
feinen weißen, langen Fingern, wie an der Hand einer Dame,
tragen keine Handschuhe. Als Wachen sind rechts und links
je ein königlicher Hartschier aufgepflanzt. Außerdem sind
mehrere Hofbedienstete anwesend. Der Katafalk und die Betstühle und die massenhafte Fülle der Kränze und grünen
Büsche nehmen fast die ganze Breite der Kapelle ein. Selbst
eng gedrängt, können, ohne den Katafalk zu gefährden, kaum
vierzig Personen gleichzeitig die Kapelle betreten.

Am 19. Juni mittags 1 Uhr fand die Leichenfeier des
Königs statt. Der feierliche Leichenzug setzte sich nachmittags
1 Uhr unter dem Geläute der Glocken und der Abfeuerung
von 101 Kanonenschüssen von der königl. Hofkapelle aus in
Bewegung. Das Kommando führte Se. Excellenz der Ge-
neraladjutant des Königs, General der Infanterie v. Horn.
Unter Doranritt des Platzmajors und 12 Gendarmen zu
Pferde folgte das königliche Kadettenkorps, die Kriegsschule,
4 Eskadronen Kavallerie, 2 Batterien Artillerie, das 1. schwere
Reiterregiment; hierauf sämtliche Livreedienerschaft des hiesigen
Adels mit brennenden Fackeln, sämtliche Brüderschaften, die

kgl. Kreisrealschule, sämtliche Gymnasien, das Erziehungsinstitut für Studierende, das Georgianum, die barmherzigen Schwestern und die übrigen weiblichen klösterlichen Kongregationen, die sämtliche königl. Hoflivree mit Fackeln, die sämtlichen königl. Hausoffizianten, die königl. Hofmusik, die Hof-Stabsärzte, die Beamten der königl. Hofstäbe und Intendanzen, sowie jene der königl. Hof-Rechnungsrevisionsstellen und des königl. Hofsekretariats, der königl. Kammerfouriergehilfe, der Regularklerus und die Stadtpfarrergeistlichkeit, die königl. Hoftrompeter und Pauker, der königl. Hoffourier, das Kapitel zu St. Cajetan und der übrige Hofklerus mit Vokalmusik, das Domkapitel, der Erzbischof von Bamberg und die Bischöfe, der Erzbischof mit seinen Assistenten, fünfundzwanzig Männer in der Gugel mit den königl. Wappen und doppelt brennenden weißen Kerzen, wovon der Letzte das Bildnis des heiligen Georgs trug, des Königs Kammerdiener, die Offizianten und Sekretäre der königl. Hausorden, der königl. Kammerfourier, die Leibärzte und der Hofsekretär des Königs, die zwei königl. Hof-Zeremonienmeister, der königl. Ober-Zeremonienmeister, der Leichenwagen, geführt von einem königl. Stallmeister und von zwei königl. Bereitern, mit 8 Pferden bespannt; auf dem Sarge befanden sich die Reichsinsignien und die Attribute der königl. Hausorden, auf der rechten Seite des Wagens gingen die General- und Flügel-Adjutanten des Königs, auf der linken Seite zwölf königl. Kämmerer, dann an jeder der vier Ecken und auf jeder Seite in der Mitte des Bahrtuches je ein Kommandeur des Ritterordens vom heiligen Georg, die dasselbe hielten.

Auf jeder Seite 2 königl. Edelknaben mit brennenden Kerzen, neben dem Leichenwagen rechts neben den hintern Rädern der Kapitän der Garden und links der Generaladjutant im Dienst; die Hartschiergarde begleitete zu beiden Seiten den Leichenwagen; ein Trauerpferd, ein Kruzifix mit zwei Leuchtenträgern, Prinz Luitpold und die königl. Prinzen. Hierauf folgten je zwei und zwei die Kronbeamten, die Kammer der Reichsräte, Kammer der Abgeordneten, die Häupter und Mitglieder der standesherrlichen fürstlichen Familien, die Häupter und Mitglieder der standesherrlichen gräflichen Familien, die obersten Hofchargen, die Staatsminister, die zweiten Hofchargen, die Generale der Infanterie und Kavallerie, die Staatsräte, die Präsidenten der obersten Stellen, die Generalleutnants Generaladjutanten, die Bischöfe, die Präsidenten der Regierungen und Oberlandesgerichte, die kgl. Gesandten, die St. Georgi-Ordensritter, die Generalmajors, Flügeladjutanten und Kammerherren, die Regimentskommandeure und die Stabsoffiziere der Linie, die Kammerjunker 2c.

Hierauf folgten die Beamten der königl. Hofstäbe und Intendanzen, des geheimen Hausarchivs, die Generaldirektionen der Verkehrsanstalten, des Oberpostamts, des Justizministeriums, des Oberlandesgerichts München, der Oberanwalt, die Staatsanwälte, die Beamten der kgl. Gerichte und des Verwaltungsgerichtshofes 2c., die Beamten des Staatsministeriums des Innern und der denselben untergebenen Behörden; die Vorstände der kgl. Akademien; ferner die Beamten des Finanzministeriums nach ihrem Range, die Spitzen des Kriegsministeriums und sämtlicher Kommandostellen, der Magistrat von München, Deputationen der Krieger- 2c. Vereine. Hieran schlossen sich 2 Eskadrons des 6. Chevauleger-Regiments, das 2. Infanterie-Regiment, das 1. Trainbataillon und 1 Eskadron des 2. schweren Reiter-Regimentts. Die Veteranen bildeten zu beiden Seiten Spalier. An der Hofkirche wurde die Hülle des Königs empfangen und in der Kirche auf eine besondere Estrade niedergesetzt. Nachdem die Einsegnungsfeierlichkeit durch den Herrn Erzbischof vollzogen, wurde der Sarg in die Gruft getragen, woselbst er mit zwei Schlössern verschlossen und mit zwei Siegeln versehen wurde.

Die Trauerdekoration der Michaelhofkirche war folgende: Der Hochaltar schwarz verhängt; inmitten des Trauertuches ein kolossales weißes Kreuz eingewebt, auf rechteckigem Schilde die Inschrift tragend: Ludovicus II. Rex Bavariae. nat. 25 8 1845 denat. 13/6 1886. Vor dem Altar links sind die Sess^e l des Erzbischofs und der Bischöfe durch eine niedrige Balustrade abgeschlossen, vor welcher eine kleine Estrade für den Sarg errichtet ist. Dahinter, inmitten des schwarzverhüllten Chores erhebt sich ein kolossaler prächtiger Katafalk, geschmückt mit herrlichen Emblemen, verdeckt durch eine Fülle von Blumen, zu den Seiten Kandelaber; oben auf die Königskrone, Szepter, Schwert und die Insignien des Hubertus-, wie des Georgs-ordens. Darüber wölbte sich ein schwarzgoldener Baldachin, zusammengehalten durch eine von der Decke herabhängende riesige Prunkkrone. Links vom Altar war ein erhöhter Trauersessel mit Betstuhl für den Prinzregenten. Die Sessel und Betstühle für die übrigen Prinzen waren neben dem Katafalk. Ein großer brauner, schwervergoldeter Eisensarg stand zur Aufnahme des Sarges mit der Leiche geöffnet in der prachtvoll dekorierten Königsgruft.

* * *

Aus der Fülle des vorliegenden Materials verzeichnen wir noch die folgenden als glaubwürdig geschilderten Episoden:

Die Anwesenheit der Kommission beim König veranlaßte bei diesem einen Anfall, und er befahl, die Mitglieder der Kommission zu peitschen und ihnen die Augen auszustechen; als aber Ruhe eintrat, sprach der König wieder ganz vernünftig. Als er den Turm des Schlosses Hohenschwangau betreten wollte, trat ihm bekanntlich Dr. Gudden entgegen und Wärter und Gendarmen standen Gudden zur Seite, die ihn verhinderten, auf den Turm zu steigen. Der König trat selbst zurück und sagte zu Dr. Gudden: „Wie kommen Sie dazu, mich für irrsinnig zu erklären, da Sie mich heute zum ersten Male sehen und mich noch nicht untersucht haben?" Dr. Gudden antwortete, daß Majestät der Pflege bedürfe, und daß er ihm diese infolge Auftrages des Prinzregenten werde zu Teil werden lassen". — „Wie lange glauben Sie, wird es dauern, bis ich vollständig geheilt bin?" fragte der König, worauf Gudden erwiderte: „Das hängt von Majestät selbst ab". — „Ich sehe ein, daß ich sehr erregt bin", versetzte der König und ließ sich dann in sein Gemach führen. Als er den Wagen besteigen sollte, nahm er zuvor in rührender Weise von seinen Dienern Abschied. In einzelnen Ortschaften warf sich die Bevölkerung auf die Kniee, als sie des Königs ansichtig wurde. Zwei Lakaien hatten Vorkehrungen getroffen, ihn zu befreien und nach Tirol zu entführen, dort soll sogar, wie gefabelt wird, ein Teil der Bevölkerung bewaffnet zum Schutz des Königs gewartet haben. Allein der König lehnte ab. „Ich ergebe mich in mein Schicksal", waren seine Worte.

Ein Justizrat aus Bayern, ein alter freundlicher Herr, erzählte nach der „W. A. Z." mit von Thränen erstickter Stimme einige Züge vom verblichenen König. „Als König Ludwig einst in seinen Kinderjahren den Großvater zum Geburtstage mit der Deklamation eines Gedichtes erfreuen sollte, wählten die Höflinge eines der Gedichte Ludwig's I. Unwillig rief der kleine Prinz: „Nein, nein, das lerne ich nicht; es gibt so viele, so schöne Gedichte von Uhland, Schiller, Goethe; weil Großpapa ein König gewesen, ist er immer noch kein Dichter, der mir gefällt!" — Als der vertriebene König Otto von Griechenland sein Testament machte, bedachte er mit seinem reichen Vermögen, als kinderloser Mann, jedes Mitglied seiner Familie. Nur dem Prinzen Ludwig, der sich häufig von Onkel und Tante über die Kunstschätze des alten Griechenlands erzählen ließ, vermachte er kein Legat. Freiherr v. Wangenheim erlaubte sich einst in zarter Weise, Otto an seinen Neffen zu erinnern. Abwehrend meinte der König: „Der Unglückliche ist für den Thron bestimmt und wird da genügende Mittel in die Hand bekommen, den schwärmerischen Neigungen, die sich schon jetzt in ihm entwickeln, zu folgen". Der Vater des Königs, Maximilian, ist bekanntlich nach kurzer Krankheit, an Gesichtsrotlauf gestorben. Als sein ältester Sohn, Prinz Ludwig, an sein Sterbelager kam, sprach der König lange mit ihm, dann sagte er mit lauter kräftiger Stimme: „Und nun wünsche ich Dir, mein Sohn, dereinst ein ruhiges, glückliches Ende, wie ich es finde". Der Erzähler schloß weinend mit den Worten: „Dieser Wunsch des Sterbenden ward nicht erfüllt".

Von den zahllosen Exzentrizitäten des unglücklichen Königs von Bayern ist die folgende, von dem Korrespondenten eines Pariser Blattes mitgeteilte, besonders bemerkenswert: „Ich will von der großen Theater-Manège erzählen, die Ludwig II. in der ersten Etage seines Schlosses zu München hatte bauen lassen, zu einer Zeit, wo sein Wahnsinn weniger schlimmen Charakter hatte. Habbig-Bey und zwei seiner Freunde, die ein wenig auch die meinigen waren, wurden durch außergewöhnliche Begünstigung eingeladen, an einem musikalisch-equestrischen Feste teilzunehmen, das verdient, geschildert zu werden: Der Plafond des Zirkus, gewölbt wie die Rundung

einer Halbkugel, war von gemaltem Glas, welches die Wellen
darstellte, und rückwärts erleuchtet von elektrischen Lichtstrahlen.
Die Wände waren bedeckt mit Fresken verschiedenen Stils.
Hier der Vesuv mit einer Herberge am Fuße des Berges,
deren Thüre sich gegen den mit Sand und Lohe bestreuten
Boden des Zirkus öffnete; ferner ein Schweizer See mit Wald-
landschaft und einer Kapelle, weiter eine kleine französische
Landschaft, bestehend aus drei bis vier Häusern, welche eine
Schänke flankierten. Nach einer Vorstellung im königl. Theater
lud der König seine Gäste, ungefähr zwanzig, zu einem Souper.
Gegen 1 Uhr morgens geleitete ein Kämmerer einen Teil
derselben, um zu Pferde zu steigen, hinweg. Die Tiere, völlig
equipiert, warteten in einem anstoßenden Gemache, und sobald
jeder im Sattel saß, sprengte diese Kavalkade, der König an
der Spitze, in diese famose Manège. Nach zwei oder drei
schweigsamen Umritten stieg der König vom Pferde und
klopfte an die gemalte Kabane am Fuße des Vesuvs. Die
Gäste sprangen gleichfalls von ihren Tieren, worauf plötzlich
Personen im neapolitanischen Bauernkostüm erschienen, die
rasch Tische und Stühle hereinbrachten und veritablen Wein
von Kapri servierten, während die Musik Haupt-Arien und
Chöre aus der „Stummen" intonierte. Nachdem dies vorbei,
stiegen der König und sein Gefolge wieder zu Pferde; vier
neue Umritte im Zirkus, das gleiche Schauspiel wie zuvor:
Anhalten vor der französischen Schänke, Klopfen, Erscheinen
des Postillon van Lonjumeau, französische Bedienung, Tische,
Stühle, französische Weine und Musik, ausgeführt von einem
unsichtbaren Orchester. Sodann dieselbe Komödie wieder,
diesmal in der Schweiz. Wilhelm Tell, Hedwig und ihr Sohn
erscheinen, neuer Wein, neue Musik und endlich gegen vier
Uhr morgens kehrt ein Jeder nach Hause zurück. All' das
trug sich am Ende der sechziger Jahre zu; konnte man nicht
bereits in dieser Zeitperiode das trübe Ende dieses Souveräns
voraussehen?"

Der M. Z. entnehmen wir folgendes:

„In welch' bedenklicher Weise sich der Zustand des
Königs in den letzten Monaten verschlimmert hatte, davon
weiß man in jenen Kreisen, die thatsächlich in steter Fühlung
mit dem Monarchen standen, fast unglaubliches zu erzählen.

Die nahezu märchenhafte Verschwendung deutete bereits auf Störung des Geistes. An 10000 Mark kostete in einer einzigen Nacht die Beleuchtung des Riesenschlosses Herrenchiemsee durch zahllose feine Kerzen; und waren alle diese Tausende von Kerzen angezündet, dann promenierte der König allein in der feenhaft beleuchteten Spiegelgallerie. Das Meiste — geradezu unglaubliche Summen — verschlangen in der letzten Zeit die Lieblings-Chevaulegers des Königs. Der letzte dieser Günstlinge, ein gewisser Alphons Mayer, war allmächtig am Hoflager geworden; wieso dies kam, geht aus folgender Darstellung hervor: „Für die königliche Kammer wurden die Diener aus dem Stallpersonale genommen, weil dieses am meisten gedrillt ist, und es war Aufgabe des Oberststallmeisters Grafen Holnstein, aus dem Personale die intelligentesten jungen Burschen herauszusuchen. Diese wurden dann besonders abgerichtet, welche Abrichtung durch den Hofschauspieler Häusser zu geschehen hatte. Sie mußten gehen lernen, Gegenstände anderen überreichen, mit Anstand sich verbeugen und nicht nur sprechen, sonder deklamieren. Der König selbst schrieb vor, wie der Unterricht zu leiten, welche Gedichte und prosaische Schriften studiert werden mußten. Mayer zeigte sich nun außerordentlich talentiert, lernte sehr rasch und gefiel dem Könige so gut, daß er ihn allen anderen vorzog. Auch im Stil wurde Mayer unterrichtet und die Art und Weise, wie er in dieser Richtung des Königs Ideen zu den seinen machte, erwarb ihm im hohen Grade das Vertrauen Ludwigs, der durch Mayer seine Befehle kundgeben ließ und mit dem Konzepte Mayer's sehr zufrieden war." Der König ließ ihm zu Ehren eigene Brillantknöpfe anfertigen, auf denen in kunstvoller Verschlingung die Initialen der Namen Ludwig (in Brillanten) und Alphons (in Rubinen) angebracht waren; ferner schenkte er ihm in der letzten Zeit eine wertvolle Uhr mit Kette, eine Agraffe aus dem Staatsschatz, 2000 Mark bar, ungerechnet die zahllosen Geschenke, die er ihm früher gewidmet. Eine Anweisung auf 28000 Mark, welche die Kabinetskasse durch Verkauf kostbarer Schmuckgegenstände flüssig machen und dem Chevauleger einhändigen sollte, wurde nicht mehr honoriert, als die Regierungsunfähigkeit Ludwig's II. deklariert worden war. Übrigens war Weber auch eine

Zeit lang in schwerer Ungnade und zur Einschließung im Burgverließ zu Hohenschwangau verurteilt. Dieses „Verließ" hatte der König eigens bauen lassen, um die in Ungnade gefallenen Günstlinge zu bestrafen; seiner ernsten Bestimmung ist es aber niemals gewidmet worden. Wohl that die Umgebung des Königs so, als würde sie den Verurteilten dem Verließe zuführen, statt desselben aber wurde eine sorgfältig kostümierte Strohpuppe an das große Gitterfenster des Verließes gesetzt, welche der König, wenn er oben auf der Burgbrücke promenierte, mit Befriedigung sah. Noch am letzten Tage vor der Proklamation der Regentschaft wurde eine große Anzahl von goldenen Uhren mit dem Wappen und den Initialen des Königs im Werte von 9500 Mark, angefertigt von einem Münchener Uhrmacher, auf Schloß Hohenschwangau gebracht, welche sämtlich zu Geschenken für die untergeordneten Leute der königlichen Umgebung dienen sollten. Oft waren diese Uhren dem Monarchen nicht schön und kostbar genug, und das Sekretariat erhielt sie vom Schlosse retourniert. Die Geldgeschenke an die Chevauxlegers wurden oft in kostbaren Etuis übergeben, über deren Anfertigung der König persönlich Anordnungen traf. Da die Mittel der Kabinetskasse schließlich nicht hinreichten, alle diese Wünsche zu befriedigen, befahl der König, selbst die wert- und kunstvolle Agraffe von seinem Georgs-Ordens-Großmeisterhute zu veräußern — ein Befehl, der nach Proklamierung der Regentschaft unausgeführt blieb. Daß solche Äußerungen der Sinnesstörung endlich die Regierung zu den bekannten dringenden Vorstellungen und nach deren Ignorierung zu den letzten Maßnahmen führen mußten, dürfte erklärlich erscheinen. Und dabei sind die hier erwähnten Thatsachen nicht einmal in das Material aufgenommen, das die Regierung als Beweis und Rechtfertigungsmaterial dem Landtage vorlegt: sie datieren aus einer späteren, der allerletzten Zeit und sind wohl nur Wenigen bekannt geworden."

Ein inniges Verhältnis knüpfte den König in seiner Jugend an seine Mutter. Im Laufe der Jahre trat jedoch zwischen dem Monarchen und der verwitweten Königin eine Spannung ein, welche zur Entfremdung führte und immer akutere Formen annahm. Mutter und Sohn sahen sich immer seltener und mit einer gewissen Bitterkeit sprach er sogar manchmal von dem Verhältnisse zu seiner Mutter. Als einst einer der Offiziere von Ludwigs II. nächster Umgebung sich über eine Zurechtsetzung, die ihm seitens der Königin Mutter widerfahren war, beschwerte, sagte ihm Ludwig II.: „Ich bitte Sie, mit dem Oberst-Inhaber vom dritten reitenden Artillerie-Regiment will ich nichts anfangen"; er meinte damit die Königin Marie, welche bei ihrer Verehelichung zum Chef des betreffenden Truppenkörpers ernannt worden war. Hingegen bewies der König seiner Kusine Gisela, der Tochter des Kaisers Franz Josef I., eine wahrhaft brüderliche Liebe. Die Prinzessin durfte sich der besonderen Liebenswürdigkeiten des Königs erfreuen. Allein diese so schmeichelhaften Huldigungen waren infolge der seltsamen Gewohnheiten des Königs so unbequem wie nur möglich. So manche Mitternacht hat Prinzessin Gisela aus dem besten Schlafe sich reißen lassen müssen, um einen expressen Boten des Königs — zumeist ein Chevauleger-Offizier — zu empfangen, der ihr vom Schachen oder vom Linderhof einen Blumenstrauß brachte. Königliche Ordre war: Sofort beim Einlangen in München der Prinzessin persönlich zu überreichen.

Die Auszeichnung der Prinzessin ist um so bemerkenswerter, als König Ludwig seit gewissen Vorgängen gegen Damen sonst nicht allzu große Zuvorkommenheit bekundet hat. Er vermied selbst ihren Anblick, und sehr bezeichnend ist dafür das nachstehende verbürgte Geschichtchen. Eines Tages sagte Ludwig plötzlich zu seinem Sekretär, der sich mit Familie auf einem der königlichen Landsitze befand: „Ich habe das Antlitz Ihrer Frau gesehen." Dieser, nicht wissend, was dieses bedeuten solle, verneigte sich stumm. Allein der König wiederholte nun in strengstem Tone: „Ich habe das Antlitz Ihrer Frau gesehen." Nun ging dem Sekretär ein Licht auf und er stammelte gehorsamst, er werde sorgen, daß dies nicht mehr geschehe.

Die Fahrten und Ritte des Königs von einem seiner Märchenschlösser zum andern sind bekannt, — minder bekannt ist es, warum die Ritte seit ungefähr sechs Jahren unterblieben sind. Es war ein furchtbarer Sturz, den der König gelegentlich eines solchen Nachtritts in die Berge in einem Hohlweg

nächst Berg gethan hat, und er trug damals eine schwere
Verwundung an empfindlichster Stelle davon, die eine Ope=
ration notwendig gemacht hat. Von dieser Operation datiert
auch die zunehmende ungewöhnliche Verfettung Ludwigs, die
in den letzten Monaten noch durch eine krankhafte Eßgier
befördert wurde. König Ludwig hat sich oft allstündlich große
Schüsseln mit Speisen servieren lassen. Und das geschah alles
des Nachts; seine ganze Umgebung mußte sich dieser Lebens=
weise anbequemen, und selbst die Messen in der Schloßkapelle
wurden immer nur um Mitternacht gelesen. Schon seit ge=
raumer Zeit hatte König Ludwig die Verurteilungen
zur „Bastille" im Brauche; aber erst seit Anfang d. J.
häuften sich dieselben in außerordentlichem Maße. Wenn
er hörte, daß irgend jemand mit einem der Verurteilten auch
nur gesprochen habe, schickte er sofort auch ihn in die
Bastille. Und das war noch eine schmerzlose Bestrafung der
Unglücklichen, die das Mißfallen des Königs erregt hatten;
die Reitpeitsche hauste sehr unbarmherzig in seiner Umgebung,
und einem seiner Diener schlug der König sogar ein Auge
aus, was der Kabinettskasse dann schweres Geld gekostet.
Zuletzt wurde es allerdings noch schlimmer; statt der Reit=
peitsche nahm der König die Theekanne und goß dem
Verbrecher gegen die Majestät den heißen Thee in den
Nacken. Nur einer blieb von diesen Ausbrüchen verschont,
das war der Friseur Hoppe, den der König bekanntlich
zuletzt mit der Bildung eines Ministeriums betraut hat.
Er durfte ihm Gesellschaft leisten, und zuweilen wurde
irgend ein Bediensteter noch zugezogen — als dritter zum
Tarok, der König, sein Friseur und ein Lakai oder Chevau=
leger.

Oft machte er Reisen nach Wien und Paris; aber
manchmal scheute er die Strapazen und reiste bloß bildlich.
Er bestieg dann in seiner Reitbahn ein Pferd und ritt eine
halbe Stunde. Da mußte ein als Postmeister verkleideter
Reitknecht vortreten und melden, daß die Post nach Kempten
bereit sei, und der Befehl der Abfahrt erwartet werde. Der
König dankte für die Mitteilung, bestieg wieder das Pferd
und ritt eine halbe Stunde, — er fuhr jetzt nach Kempten.
Mehrere Male durchmaß er die Reitschule. Nun war er in

Kempten angelangt. Ein Diener, als Bürgermeister von Kempten verkleidet, begrüßte ihn darauf in einer schlichten, aber sehr loyalen Ansprache. Der König äußerte seine Freude, wieder einmal Kempten zu sehen, und fuhr dann weiter. Der Postmeister meldete, daß die Post zur Weiterfahrt nach der nächsten Station bereitstehe. Auf dieser Schein=Station dasselbe Spiel wie in Kempten. So fuhr der König bis Lindau, ohne die Reitbahn verlassen zu haben.

Interessant ist noch folgende verbürgte Geschichte aus dem Jahre 1875. Dr. Gudden wurde gerufen, um den für wahnsinnig erklärten Thronfolger von Bayern, Otto, in Behandlung zu nehmen. Es muß hervorgehoben werden, daß diese Audienz bei offenen Thüren stattfand, deshalb Zeugen hatte, an deren Glaubwürdigkeit nicht zu zweifeln ist.

„Verpflichten Sie sich, meinen Bruder Otto zu heilen?" fragte Ludwig.

Dr. Gudden antwortete schnell gefaßt:

„Ein Versprechen kann ich diesbezüglich nicht machen, aber Hoffnung ist vorhanden."

„Ich will eine bestimmte Antwort haben; verpflichten Sie sich, meinen Bruder zu heilen?" entgegnete Ludwig erregt.

„Ja, aber wenn ich mich dazu verpflichte, so müssen meine Befehle in jeder Hinsicht vollkommen erfüllt werden; ich muß vollständig frei verfügen können, dann kann ich für die Wirksamkeit meiner Kur Bürgschaft leisten."

Ludwig dachte eine Weile nach und sagte dann mit erregter Stimme:

„Wissen Sie mein Herr, ein Wittelsbacher muß niemals!"

Trotz dieses energischen Protestes wurde Otto doch von Gudden behandelt, und der Prinz mußte doch; Ludwig selber aber zeigte seinem Arzte, daß er nicht mußte.

Über die Krankheit des Königs sagt Dr. Ewald Hecker, einer der bedeutendsten Psychologen: „Der ganze Krankheits=prozeß bewegt sich lediglich auf dem Gebiete der Vorstellungs=, der Verstandsthätigkeit und äußert sich durch das Beherrscht=sein von Wahnvorstellungen, sogenannten „fixen Ideen." Die Krankheitsform kommt keineswegs so häufig vor, als die Laien gewöhnlich glauben. Viele Fälle, bei denen sich scheinbar ganz isoliert stehende Wahnideen finden, lassen sich als abgelaufene Geistesstörungen erkennen, die mit Defekt geheilt sind und bei denen der vorausgegangene Verlauf, sowie der nachweisbare Schwachsinn die Diagnose sicher stellt. Die „Verrücktheit" bezeichnet hier nur einen Symptomkomplex. Die Krankheitsform der Verrücktheit hat kein melancholisches und kein tobsüchtiges Anfangsstadium, eben so aber geht sie auch nicht in Blödsinn über. Wenn schon der in der Regel immer weitere Gebiete sich erobernde systematisierte Kreis von Wahnideen den Patienten schließlich für das Zusammenleben mit Gesunden völlig unbrauchbar macht, so sind doch seine geistigen Fähigkeiten keineswegs in toto geschwächt. Ich habe beispielsweise augenblicklich einen Verrückten (mit Verfolgungswahn) in Beobachtung, der mit großem Erfolg dem Studium der slavischen Sprachen, die ihm bisher ganz fremd waren, obliegt."

Nachtrag.

Otto I.

Der Wahnsinn haust schwer im Hause der Wittelsbacher: Auch der Geist des neuen Königs Otto ist tief umnachtet. Otto Wilhelm Luitpold Adalbert Waldemar ist geboren am 27. April 1848, jetzt also 38 Jahre alt. Sein Wahnsinn, der schon seit langen Jahren andauert, ist unheilbar. König Ludwig liebte diesen Bruder, welcher, an die Schwelle des Jünglingsalters gelangt, vom Wahnsinne umnachtet wurde, mit schwärmerischer Hingebung. Als die Spuren der Geistesverwirrung bei dem armen Prinzen immer bemerkbarer wurden und man daran denken mußte, ihn den Augen des Hofstaates zu entziehen und in ein weltabgeschlossenes Asyl zu bringen, da nahm König Ludwig herzzerreißenden Abschied von ihm. Eine Stunde später befand sich Prinz Otto auf dem Wege nach dem königlichen Lustschlosse Nymphenburg. Dieses Sommerpalais, ein beliebtes Wallfahrtsziel der Münchener Sonntagsausflügler, ist von München mittelst Tramway in drei Viertelstunden zu erreichen.

In dem im Stile der Spätbarockzeit gebauten Schlosse, welches sich am Saume eines in der Versailler Manier verschnittenen Parkes erhebt, wurde der jetzige König interniert. Der Schloßflügel, den man ihm zugewiesen, war ziemlich entlegen, und die Fenster gingen nur auf den Park hinaus. Viele Jahre lebte hier nun, ab und zu von der königlichen Mutter besucht, Prinz Otto. Manchmal stellte sich bei ihm ein eigenartiger Paroxysmus ein. Er verlangte mit vor Zorn vibrirender Stimme, sofort nach München zurückzukehren, wohin ihn seine Pflicht als Kronprinz riefe. Dann befahl er, daß man ihm seine Uniform bringe, er wolle zu Pferde steigen und sich den Truppen zeigen. Als man den Prinzen nun zuerst durch gütiges Zureden, dann durch schärfere Maßregeln von der vorgefaßten Idee abbrachte, brach er in krampfhaftes Schluchzen aus. Thränen überfluteten seine Wangen, und mehr als einmal endete die Krise damit, daß er bewußtlos zu Boden stürzte.

Ein seltsamer, der aufregendsten Momente nicht entbehrender Vorfall war es, welcher die Übersiedelung aus seiner bisherigen Residenz Nymphenburg nach dem entlegeneren und menschenöden Schlosse Schleß=

heim zur Folge hatte. Es war in den Frühlingherbsttagen des Jahres 1878, als die bisher in Nymphenburg dislozierte Eskadron der Taxis-Chevaulegers Ordre bekam, zu den Kavalleriemanövern nach dem Lech-felde abzurücken. Der Abmarsch wurde in früher Morgenstunde geblasen und die Eskadron rangierte sich auf dem weiten Schloßplatze. Prinz Otto wurde durch die Trompetenstöße aus dem Morgenschlafe geweckt und, einer momentanen Eingebung folgend, schlüpfte er, nur notdürftig mit dem Nachtgewande bekleidet, an dem schlafenden Wächter vorbei in den Korridor. Den Trompetentönen folgend, gelangte er zu einer Art Oeil de bouef, dessen Brüstung, obzwar hoch gelegen, vom Prinzen erklommen wurde. Und nun rief Otto mit wahrer Stentorstimme den unten haltenden Soldaten zu: „Chevauxlegers, ich bin Prinz Otto, befreit mich und bringt mich nach München!"

Ein Moment namenloser Verwirrung folgte. Unterdessen waren, durch den Lärm herbeigelockt, die Wächter und die Schloßdienerschaft erschienen, und man versuchte, den unglücklichen Prinzen durch gütliches Zureden zu bestimmen, seinen exponierten Posten zu verlassen. Es half nichts. Man wollte ihn nun mit Gewalt entfernen, aber mit Riesenkräften klammerte sich der Prinz an die Gitterstäbe des Fensters und in herzzerreißenden Lauten rief er den Soldaten zu: „Zu Hilfe, zu Hilfe, Chevauxlegers, man will mich umbringen!" daß es den Hörern durch Mark und Bein rieselte. Nach achtundvierzig Stunden saß Otto wohlverwahrt in Schleißheim; außer seinen Wärtern hat ihn seit dieser Zeit kein Menschenauge gesehen. Der Unglückliche ist tot für diese Welt.

(Echo).

Prinzregent Luitpold.

Der Prinzregent Luitpold von Bayern ist als dritter Sohn Ludwigs I. und der Prinzessin Therese von Sachsen-Hildburghausen (jetzt Altenburg) am 12. März 1821 zu Würzburg geboren. Außer der verwitweten letzten Herzogin von Modena unter den vielen Kindern jenes Ehebundes das einzig noch überlebende. Am 15. April 1844 mit der am 26. April 1864 verstorbenen Prinzessin Auguste von Toscana vermählt, besitzt er die bekannten drei Söhne Prinzen Ludwig, Leopold und Arnulf und eine durch Geist und Liebenswürdigkeit ausgezeichnete, unvermählt gebliebene Tochter Prinzessin Therese. Bei der hellenischen Königschaft seines nächstälteren Bruders Otto, dem ältesten Bruder Königs Maximilian II. von vornherein als kriegerischer Arm zur Seite gedacht, widmete er sich der militärischen Laufbahn und innerhalb dieser der bayrischen Lieblingswaffe, der Artillerie; er ist Chef des 1. Bayrischen, des Magdeburgischen Feldartillerieregiments Nr. 4 und des 1. Österreichischen Korps-artillerieregiments; außerdem bekleidete er in Bayern die mit ihm wohl aussterbende, weil durch die Reichsinspektion überflüssig gewordene Stellung eines Generalinspekteurs der Armee.

Im Jahre 1866 Befehlshaber einer der vier bayrischen Felddivisionen, focht er namentlich bei Helmstadt in Unterfranken, 25. Juli. Sein ältester Sohn, der präsumtive künftige König Ludwig III., wurde an jenem Tage neben ihm schwer verwundet. In der bayrischen Reichsratskammer stimmte er mit sämtlichen bahrischen Prinzen außer dem jetzt als Arzt und Menschenfreund so hoch berühmt gewordenen Herzog Karl Theodor am 28. Januar 1870 gegen den damaligen bahrischen Ministerpräsidenten Fürsten Hohenlohe. In dem Feldzuge von 1870 war er dem Hauptquartier des Königs von Preußen zugeteilt und wohnte in dieser Stellung den Schlachten bei Gravelotte, 18. August, und Sedan, 1. September, bei; auch an der Versailler Kaiserproklamation des 18. Jan. 1871 hat er teilgenommen; ebenso natürlich an dem Berliner Siegeseinzuge des 16. Juni 1871 und an dem Münchener. Wie bei so vielen Bahern scheint der Krieg von 1870 den Groll von 1866 auch bei ihm besiegt zu haben. Unter den ihm nachgesagten Äußerungen findet sich nach 1870 diejenige, daß „die ihm anerzogene Tradition den neuen deutschen Zuständen widerstrebe, die nüchterne Einsicht ihm aber die Unvermeidlichkeit und Ersprießlichkeit derselben zeige".

Für die Person des Kaisers hat er stets die größte Verehrung kund gegeben; namentlich das Benehmen des greisen Herrn in der Krisis der Schlacht bei Gravelotte soll ihm außerordentlich imponiert haben; bei zahlreichen, durch Lebensalter, Verhältnisse u. s. w. bedingten Verschiedenheiten dürften übrigens beide in Rede stehende fürstliche Charaktere starke Ähnlichkeitsmomente zeigen. An dem Tage der letzten Begegnung zwischen Kaiser Wilhelm und König Ludwig, 13. Juli 1874, rief bei der Abfahrt aus dem Münchener Bahnhof der auf der Freitreppe des Salonwagens stehende Kaiser noch einmal „Luitpold" (der König hatte den von der Mainau nach Rosenheim fahrenden Kaiser einige Stationen vor München von Hohenschwangau eingeholt und geleitete ihn dann einige Stationen über München hinaus), und zog den herbeigeeilten Vetter (Königin Therese von Bayern war eine Schwestertochter der Königin Luise von Preußen und also Kousine des deutschen Kaisers) in die Arme.

Trotz seiner 65 Jahre ist Prinz Luitpold noch sehr rüstig; nach menschlichem Ermessen würde man sich also, die physische Wiederherstellung des Königs vorausgesetzt, auf eine ziemlich lange Regentschaft einzurichten haben. Einfach, natürlich und leutselig, ist Prinz Luitpold allgemein beliebt, dabei wohlunterrichtet und kunstverständig; in den Grenzen seiner ziemlich schmal bemessenen Mittel ein Kunstfreund und Mäcen. Wie sein Vater, bei aufrichtiger, katholischer Religiosität keineswegs klerikal gesinnt und in der bahrischen Reichsratskammer mit seiner Abstimmung fast regelmäßig auf der antiklerikalen Seite gewesen, wird er sich vortrefflich in dem Rahmen der deutschen Reichspolitik zu halten verstehen, namentlich seit der in Berlin neuerdings eingetretenen kirchenpolitischen Wendung. (Elberf. Zeitung).

Dr. phil. Karl W. Whistling schreibt über Dr. Gudden im „Leipziger Tageblatt" vom 18. Juni d. J. Folgendes:

Bernhard Gudden wurde am 7. Juni 1824 in Cleve geboren. Mit 27 Jahren finden wir ihn als Hilfsarzt in der badischen Irrenanstalt Illenau bei Achern angestellt. Dort wirkte er unter dem ausgezeichneten Direktor Roller fast vier Jahre, dann — es war im April 1855 — ward er nach Bayern berufen, um die königliche Kreisirrenanstalt Werneck bei Würzburg zu leiten, zunächst sie überhaupt einzurichten. In dieser Stellung blieb er vierzehn Jahre. Infolge der glänzenden Leistungen der letzteren Anstalt erhielt er 1869 einen Ruf als ordentlicher Professor der Psychiatrie und Direktor einer Irrenklinik nach Zürich. Von da kam er nach vier Jahren an die Münchener Hochschule, um eine ordentliche Professur und Direktion der Kreisirrenanstalt für Oberbayern zu übernehmen. Seine Arbeiten für die wissenschaftliche Litteratur bewegen sich auf anatomischem Gebiete, hier machte er sich durch eine Untersuchungsmethode b kannt, die seinen Namen trägt. Er schrieb über Schädelentwickelung, -Wachstum und über Anatomie des Gehirns, sowie über eine, zuerst bei Gladiatoren wahrgenommene eigentümliche Ohrblutgeschwulst. Mit Westphal in Berlin gibt er das „Archiv für Psychiatrie und Nervenkrankheiten" heraus.

b. Gudden wirkte — ein ganzer Mann — nicht bloß als Fachschriftsteller und als akademischer Dozent, sondern auch und zwar in hervorragender Weise überhaupt durch seine imponierende Persönlichkeit als Irrenarzt und ebenso liebenswürdiger als bedeutender Mensch.

Sein Tod ist ein herber Verlust für die Wissenschaft und für die Praxis, am schmerzlichsten für seine zahlreiche Familie. Eine Tochter ist mit dem Würzburger Universitätsprofessor Dr. Grashey, Direktor der psychiatrischen Abteilung im Julius-Hospital, verheiratet. Ein Sohn hatte vor einigen Jahren das Unglück, durch einen Brand seiner Kleider sich derart zu verletzen, daß er auf Lebenszeit gelähmt wurde. Er selbst war vermöge seiner Stellung wiederholt in Lebensgefahr. Zweimal schossen geistesgestörte Menschen auf ihn. Sein persönlicher Mut ward in der Fachwelt bewundert, wenn man auch sein großes Vertrauen auf seine Körperstärke und geistige Überlegenheit gegenüber den Irrsinnigen nicht immer als berechtigt und ihn vor dem Äußersten sichernd ansehen konnte.

Die lange Liste der in der Ausübung ihres Berufes durch einen gewaltsamen Tod abgerufenen Ärzte wird durch sein furchtbares Ende um einen glänzenden Namen vermehrt, da v. Gudden der Welt, der leidenden Menschheit noch viele Jahre hätte nützen können. In dem Buche der Geschichte seiner Wissenschaft wird er fort und fort mit hohen Märthrer-Ehren genannt werden.